Till Burgwächter
Hardy Crueger

Braunschweig'sche Verbrechen

Reiffer

Till Burgwächter und Hardy Crueger
Braunschweig'sche Verbrechen

Umschlaggestaltung und Cartoons: Karsten Weyershausen
Lektorat: lektorat-lupenrein.de

Hergestellt mit Materialien aus verantwortungsvollen Quellen
(FSC® C107574)

ISBN 978-3-945715-87-1

Verlag Andreas Reiffer, Hauptstr. 16 b, D-38527 Meine
www.verlag-reiffer.de

»Dass die Kriminalität auch in unserer nächsten Umgebung zunimmt, können wir daran erkennen, dass uns immer mehr Menschen gestohlen bleiben können.«

Ernst Ferstl

»Es gibt nichts Stilleres als eine geladene Kanone.«

Heinrich Heine

Inhalt

TB: Till Burgwächter
HC: Hardy Crueger

In den hier versammelten Glossen und Geschichten werden ausschließlich echte Kriminalfälle nacherzählt. Um die Persönlichkeitsrechte der Protagonistinnen und Protagonisten zu wahren, wurden die Namen in den meisten Fällen geändert. Charakter und Habitus aller handelnden Figuren entspringen allein der Fantasie der Autoren.

Krimibuchhandlung

Vorwort

Dass Braunschweig nicht die Stadt des Verbrechens schlechthin ist, dürfte klar sein. Auch wenn hier hin und wieder auf Straßenbahnen geschossen oder ein Mensch ermordet wird, fühlt man sich doch recht sicher – zumindest bis zum Sonnenuntergang. Dann kann es schon mal ein wenig gefährlicher werden. Und so sind wir bei der Recherche zum Thema »True Crime in der Löwenstadt« auf einige interessante und aufwühlende Verbrechen aus den letzten Jahrzehnten gestoßen.

Dabei haben wir uns ganz bewusst nicht die spektakulärsten Fälle vorgenommen. Der Mord-Pastor Geyer zum Beispiel wurde dermaßen durch den Boulevardsiff geschleift, dass am Ende einfach nicht mehr genug dran war. Und auch über Braunschweigs (historisch betrachtet) wohl größtes Verbrechen aller Zeiten, die Einbürgerung eines kleinen Österreichers mit Stummelschnauz, mögen andere philosophieren.

Wir haben uns den kleineren, manchmal skurrilen, aber oft nicht weniger bösen Taten gewidmet und die Fälle ausgewählt, die uns auf irgendeine Art berührt haben. Sei es das Unverständnis über eine Mordtat oder die Dreistigkeit oder auch Dummheit der Täterinnen und Täter. Wir haben versucht, uns in Opfer hineinzuversetzen so gut es ging und in die Straftäterinnen und Straftäter so weit wie nötig. Als Quellen haben wir nicht ausschließlich Pressemeldungen verwendet, sondern auch Schilderungen von Menschen, die direkt von einem Verbrechen betroffen waren. Das kann tragisch, manchmal aber auch saukomisch sein. Es muss ja nicht immer gleich Blut fließen.

Parallel zur Fertigstellung dieses Buchs gab es zwei Funde von menschlichen Knochen in Braunschweig, die zum Zeitpunkt der Drucklegung noch nicht zugeordnet werden konnten. Und auch im Fall der seit vielen Jahren verschwundenen Maddie McCann führt eine Spur direkt in die Löwenstadt, bis heute ohne konkrete Ergebnisse. Das Verbrechen kennt eben keine Frühstückspause.

An dieser Stelle ein Dankeschön an unsere Exekutive, die, wie wir bei unseren Recherchen festgestellt haben, oft sehr gute Arbeit macht.

Wir schließen mit den Worten des großen Rudi Cerne und schauen Ihnen dabei treuherzig in die Augen: Bleiben Sie sicher!

Till Burgwächter & Hardy Crueger

PS: In diesem Buch kommen weder Dr. Mark noch Lydia Benecke zu Wort.

Wild Wild West: Die Frankfurter Straße

Städte sind ein lebendiger Organismus. Das gilt auch für Braunschweig, selbst wenn man das als Bewohner oder Beobachter nicht immer für möglich halten sollte. Verschiedene Bezirke in unserer Löwenstadt verändern sich, werden vom Schmuddelkind zur angesagten Gegend für Tatzenjackenträger und umgekehrt. Momentan lässt sich das gut im westlichen Ringgebiet beobachten, wo eigentlich nur noch ein Starbucks und ein übergroßer Bio-vegan-fair-gehandelt-kein-Plastik-wir-haben-euch-doch-alle-lieb-die-Schokolade-kostet-übrigens-vier-Euro-Laden fehlen, um die Gentrifizierung abzuschließen. Vor allem die Ecke rund um den Frankfurter Platz wehrt sich noch ein kleines bisschen, ist dem Gegner aber im Grunde chancenlos ausgeliefert.

Vor rund 20 oder 30 Jahren sah das freilich noch ein wenig anders aus. Da regierte rund um den Platz, der damals optisch noch gar keiner war, die Anarchie. Im Wurmfortsatz der Frankfurter Straße stand eine Videothek, in der sich schon weit vor Sonnenuntergang fragwürdige Gestalten herumtrieben und den gut getarnten Durchgang in die Erwachsenenabteilung suchten. In dem Laden roch es typischerweise nach einer Mischung aus ungewaschener Jogginghose, Vorfreude und Popcorn, hinter dem Tresen langweilten sich Studenten oder ehemalige Studenten, die den Absprung verpasst hatten und irgendwann hauptberuflich Videobänder zurückspulen und Kunden beschimpfen mussten. Ein paar Meter neben »Video Buster« existierte laut Außenwerbung eine ominöse Kegelbahn, die kein lebender Mensch je mit eigenen Augen gesehen hat, es gab einen Kiosk, in dem bei der richtigen Frage auch im Mai osteuropäische Feuerwerkskörper den Besitzer wechselten, die eine oder andere Kneipe und weitere Kioske. Was da unter der Ladentheke herumlag, entzieht sich der Kenntnis des Verfassers dieser Zeilen. Aber es werden keine Goldbären von Haribo gewesen sein.

In den ansehnlich heruntergerockten Wohnblocks wohnten Arbeitslose, kommende Arbeitslose, Menschen mit Migrationshintergrund, Anhänger von bewusstseinserweiternden Substanzen, Taschendiebe, politische Extremisten, potenzielle Attentäter und weitere Subkulturen, die sich einer genaueren Spezifizierung entziehen. Die Atmosphäre in den verschachtelten Straßenzügen zwischen Ekbert-, Schöttler- und Luisenstraße wirkte zu jeder Tag- und Jahreszeit, wie soll man es ausdrücken, ein wenig angespannt. Lange bevor das Kontorhaus wie ein ausgespuckter Walzahn die Gegend verschandelte oder man im *Zucker* für ein Monatsgehalt eine Consommé vom Auerhahnhirn und über den Löffel balbierte Kaldaunen des Husumer Hochlandhirsches verspeisen konnte, war der Ton in dieser Ecke der Löwenstadt gerne etwas rauer. Gut, es war zu keiner Zeit wie in Caracas oder Tijuna, aber es fühlte sich, vom Wetter abgesehen, ein bisschen so an. Um das Jahr 2000 herum entwickelte sich ein ansehnlicher Konflikt zwischen den politischen Extremen. Einige haupthaarlose Männer zwischen 20 und 30 hatten sich in der Straße eingenistet, feierten tagtäglich ihre ganz persönliche Reichskristallnacht, indem sie Bierflaschen aus dem Fenster warfen, unverständliche Parolen brüllten (die wenigsten Gebisse waren vollständig) und eine Reichskriegsflagge schwenkten. Weil die Polizei in diesem Fall und wie zu oft lieber eine beobachtende Position einnahm und den braunen Mob mal machen ließ, fühlten sich die natürlichen Erzfeinde der nationalistisch eingestellten Nachttopfschlürfer bemüßigt, ihrerseits einzugreifen. Die Antifa hatte ihr Büro praktischerweise gleich um die Ecke und sandte einige Mitarbeiter, um die Brut zu beobachten und in die Schranken zu weisen. Es bedarf nicht viel Fantasie, um sich vorzustellen, dass aus dieser Konstellation schnell ein veritabler Kleinkrieg erwuchs, der die ganze Gegend in Atem hielt. Fensterscheiben gingen zu Bruch, Autos wurden zerkratzt, Beleidigungen herumgebrüllt. Gruppen von jungen Menschen hetzten sich plötzlich gegenseitig durch die Straßenschluchten, mal von links nach rechts, dann wieder von rechts nach links. Und das in jeglicher Hinsicht. Für Außenstehende war es im Dämmerlicht nicht immer einfach zu erkennen, wer da gerade wen vor sich hertrieb, und ich bin mir sicher, dass sich so mancher Protagonist hier und da versehentlich der falschen Gruppe anschloss, nur um zu merken, dass er gerade seinen eigenen Kameraden hinterherjagte. An einem besonders schönen Sommertag saß der Verfasser dieser Zeilen in einer bis heute dort existenten Bar (beziehungsweise im Biergarten der selbigen), einen Tonkrug mit Bier in der Hand, als die beiden Parteien mal wieder ihrem Hobby frönten und an uns vorbeiliefen. Wie im Comic kehrten sie, dieses Mal unter umgekehrten Vorzeichen, wenige Minuten später wieder zurück. Der damalige Chef des Ladens stand zufällig gerade hinter mir und verfolgte das Geschehen wortlos. Als die Meute schließlich zum zweiten Mal in einer der Seitenstraßen verschwand, wandte er sich an mich. »Du weißt, ich bin Kurde. Kannst du mir das mal kurz erklären.« Ich rang damals nach Worten und hätte auch heute Probleme, einem Menschen, der vor Krieg, Folter und Gewalt geflohen ist, diesen politisch angehauchten Kindergarten adäquat zu umschreiben. Leider scheint die Auseinandersetzung nach einigen Jahren Pause in der letzten Zeit wieder aufzuflammen. Eine neue Generation von Faschistenmurmeln kullert in der Gegend herum und provoziert Gegenmaßnahmen. Geschichte scheint sich zu wiederholen.

Zurück in die Zeit um die Jahrtausendwende, als es in der Gegend eine spezielle Kneipe gab, in der mindestens so viel los war wie auf der Straße davor. Der Laden trug einen griechischen Namen, *Athen*, *Olympia*, irgend so ein hellenisches Klischee halt. Wenn das Nazipack mal eine Grölpause einlegte, wummerte unter Garantie Musik aus dem Laden nach draußen. Und die war alles andere als griechisch. Helene Fischer poste zu dieser Zeit zwar noch als Teenager mit der Haarbürste als Mikrofonersatz vor dem eigenen Schlafzimmerspiegel, aber ihre musikalischen Vorbilder der Marke Andy Borg, G.G. Anderson, Mary Roos, DJ Ötzi und Zlatko (»Isch vermisch disch wie die Hölle«) tönten bereits in voller Lautstärke über den Frankfurter Platz. Herrlich. Anders als die Kaschemmen und Gaststuben im Umfeld lockte dieses Etablissement nicht mit dunklem Holzinterieur und Dimmerlicht, bei dem man selbst am hellsten Tag des Jahres den Weg zur Toilette nur mit einer Grubenlampe findet. Nein, dieser an sich nur aus einem länglichen Tresen bestehende Laden war weiß gekachelt. Und, bei Gott, der Besitzer wird gewusst haben, warum. Hier saßen spätestens um High Noon herum die absoluten Spezialisten bei Bier und Magenbitter in trauter Runde beisammen und erklärten sich gegenseitig die Welt. Politiker, Firmenbosse, Vermieter, Fußballer? Allesamt unfähige Kantonisten. Die wahre Elite der Stadt, wenn nicht des Landes, saß auf diesen Barhockern und löste zwischen der dritten Runde Herrengedeck und einem eingeschobenen Wasserglas voller Ouzo die Probleme unseres Planeten. Leider hörte ihnen niemand zu, sie sich wahrscheinlich nicht mal selber. Ab und an schnappte aber doch jemand einen Wortfetzen seines Gegenübers auf, ließ selbigen durch den durchfluteten Brägen sickern und fühlte sich davon herausgefordert. Dann wurde die »Musik« vom Schlachtengetümmel übertönt, dass es für alle Anwohner eine Freude war. Diese Kämpfe in der Superpromilleklasse währten selten lang, dafür fanden sie regelmäßig statt. Die Kondition der Beteiligten war überschaubar, viele Beißerchen zum Rausschlagen gab es auch nicht mehr, insofern lohnte sich der Aufwand meist nicht. Wenigstens ließ sich das Blut relativ gut von den Kacheln putzen. Und zwei Minuten später saßen die ehemaligen Todfeinde auch schon wieder auf ihren Hockern, um sich bei einem Glas sorgsam gekelterten Mariacron lebenslange Freundschaft zu schwören. Waren Messer im Spiel, wurde es auch schon mal unschön. Selbst Taxifahrer überlegten sich zweimal, ob sie an dieser Ecke ihre Türen öffnen sollten.

Über Jahrzehnte fügte sich die schräg gegenüber vom Frankfurter Platz abgehende Hugo-Luther-Straße perfekt ins Stadtbild ein. Hier ging es in 70ern schon hoch her, brennende Matratzen, Autos und Möbelstücke jeglicher Art gehörten zur normalen Wochenendunterhaltung. Schuld daran waren WGs voller subversiver Elemente, die sich in den abbruchreifen Häusern und Hütten ihr Domizil eingerichtet hatten. Noch in den 90ern ging die (nicht ganz wahre) Legende um, Polizeiautos würden es nicht wagen, nach Anbruch der Dunkelheit in die Straße einzubiegen. Ganz so wild war es über weite Strecken wohl nicht, aber näher kam Braunschweig dem Wilden Westen nie wieder. Heute sieht die Gegend zwar immer noch nicht aus, als würde sie zum Hamburger Edelstadtteil Blankenese gehören, beherbergt allerdings eher Mehrgenerationenhäuser, Mütterzentren und Künstlertreffs als Drogen konsumierende Halbstarke mit Hang zur pathologischen Brandstiftung. Ausnahmen bestätigen die Regel. Im September 2019 wurde just in dieser Straße in den frühen Morgenstunden eine 53 Jahre alte Radfahrerin angehalten. Auf Anfrage der Polizei gab sie freimütig an, auf dem Weg zur Tankstelle zu sein, um sich Schnaps zu kaufen. Ein Alkoholtest ergab etwas mehr als drei Promille, die Dame wurde nach Hause geleitet. Für diesen Tag gescheitert, aber in dem stolzen Bewusstsein, eine lange Braunschweiger Tradition fortgeführt zu haben. Die Anzeige wegen Trunkenheit im Straßenverkehr gab es trotzdem.

UTE, DIE DOLMETSCHERIN, AN IHREM ERSTEN ARBEITSTAG.

Die Brücke des Zorns

Zusammengerechnet waren sie einhundertneun Jahre alt, und jeder der drei hätte bei einer Ü30-Party ohne Probleme Einlass bekommen. Aber es gab keine Party, nur Big Brother im Fernsehen. Gerd stülpte die Lippen über den Flaschenhals, warf den Kopf so weit in den Nacken, bis die Pulle senkrecht in der Luft stand, und ließ das Bier gluckernd in sich hineinlaufen. Als sich nur noch Luft und Schaum in der Flasche befanden, knallte er sie auf die Tischplatte und rülpste.

Die zierliche Frau neben ihm auf dem Sofa kreischte, und Andy, der Mann mit dem fettigen Haar, der ihm gegenüber in dem einzigen Sessel saß, schlug sich grölend auf die Schenkel: »Echt, das haste dem gesagt?« Er lachte, drückte die Zigarette im Aschenbecher aus und drehte sich eine neue.

»Türlich!« Gerd strich mit Daumen und Zeigefinger über seinen Walrossbart und öffnete mit einem Plopp die nächste Bierflasche. »Ey, na klar! Ich lass mich doch nich verarschen von so nem Idioten! Kann sich sein 1-Euro-Job sonst wo hinstecken! Kann nur froh sein, dass ich auf Bewährung bin. Sonst hätt ich den blutig gemacht, ey!«

Susi legte Gerd die Hand auf den kräftigen Oberarm und fuhr mit ihren als Erdbeeren designten Fingernägeln die blassblauen Konturen des Ankers nach, der seine braune Haut zierte. »Das war aber schlau, mein Guter«, sagte sie und sog an der Zigarette.

Gerd grinste, schmiss seinen fleischigen Arm um ihren Hals und zog sie zu sich heran. Sein Achselschweiß verrieb sich auf der verschlungenen Tätowierung ihrer knöchernen Schulter. »So bin ich, Püppchen«, sagte er und drückte ihr einen Kuss auf die Wange. Sie befreite sich kichernd aus seinem Griff, wobei sie ihm den Zigarettenqualm in das Gesicht pustete.

Sein Grinsen versteinerte. Die Pranke krallte sich in die langen blonden Haare des Flittchens, aber bevor er daran zog, rief Andy: »Echt super, Mann! Komm, Stößchen!«, und hielt ihm seine Bierflasche hin. Gerd lachte auf und ließ seine Flasche mit solcher Wucht dagegen krachen, dass sie zerplatzte. Bier und Splitter klatschten auf den Couchtisch und das Zimmer erbebte von einer gewaltigen Lachsalve.

Gerd hatte Susi mal wieder am Kiosk getroffen. Susi war immer in Geldnot, und er hatte ihr Zigaretten und ein paar Biere ausgegeben. Irgendwann war Andy dazugekommen, und sie hatten sich auf eine Parkbank in der Nähe zurückgezogen. Aber das Wetter wurde immer schlechter. Es begann zu regnen, und als der Kiosk schloss, hatten sie sich mit einigen Six-Packs eingedeckt und in Andys Wohnung zurückgezogen, die am nächsten lag. Es war Samstag, Grund genug zum Feiern.

Immer wenn sich die Gelegenheit bot, starrte Gerd auf die Tätowierung, die wie ein Geweih über Susis Gesäß prangte. Die kleine Frau mit den langen blonden Haaren, in das ein paar violette und schwarze Strähnen eingefärbt waren, gefiel ihm. Heute fand er sie besonders sexy. Heute würde er sie sich nehmen. Ständig hatte er eine seiner Flossen auf ihrem Bein oder zog sie im Schwitzkasten zu sich heran. Sie kicherte, rauchte und prostete ihm zu. Aber sie lächelte auch Andy an, und auch ihm prostete sie zu. Vielleicht braucht der Kerl demnächst mal kräftig was aufs Maul, dachte Gerd.

»Was mein ihr, ey, was ich mit der Schwuchtel gemacht hab, die se mir auf die Zelle gelegt haben«, sagte er. Und dann schilderte er die grausame Geschichte mit all ihren brutalen Einzelheiten. »Der war wie tot, ey«, resümierte er stolz.

Susi juchzte, als Gerd von seinem Sieg berichtete. Wieder klirrten die Flaschen. Es war weit nach Mitternacht, als sie feststellen mussten, dass das Bier alle war. Sie hatten nichts mehr zu trinken. Es war schlimm.

Nach einer intensiven Erörterung der kritischen Lage gab es nur eine umsetzbare Lösung: Man beschloss, gemeinsam an die Biertränken der Stadt zu ziehen. Gegen halb zwei Uhr morgens verließen die drei schwankend das Siegfriedviertel. Von Susi und Andy flankiert, stolzierte Gerd die vierspurige Ausfallstraße entlang, bis die McDrive-Reklame ihn daran erinnerte, dass er seit Stunden keine feste Nahrung mehr zu sich genommen hatte.

Um Susi zu beeindrucken, bezahlte Gerd das ganze Schnellessen und auch das schale Bier, das sie alle so laut und ausgelassen grölen und rülpsen ließ, dass einer der Bediensteten sie aufforderte, den Laden zu verlassen. Entrüstet warf Gerd den Bierbecher auf den Boden, sprang vom Stuhl hoch, plusterte sich auf und ging mit gefletschten Zähnen auf den Mann los. Mutig warf Susi sich zwischen die Streithähne, konnte das Schlimmste – den Kampf bis aufs Blut – verhindern, und der Restaurant-Mitarbeiter kam mit einer kräftigen Kopfnuss und einem Schwall übelster Schimpfwörter relativ glimpflich davon.

Triumphierend setzte die Dreierbande ihren Weg zu den Biertränken fort. Nach der Plörre bei Mäckes hatten sie alle das nicht zu unterdrückende Bedürfnis nach einem frisch Gezapftem. Aber dann stellte Susi plötzlich fest, dass sie keine Zigaretten mehr hatte, und Rettung winkte erst weit, weit weg, hinten, in der Stadt. »Müssen wir wohl zur Tag-und-Nacht-Tanke gehen«, sagte sie.

Gerd wurde ärgerlich. Er wollte nicht länger als nötig durch die Nacht tigern. Der Regen hatte zwar aufgehört, aber es konnte jederzeit wieder losgehen. An der nächsten Kreuzung blieben sie stehen und stritten sich. Susi und Andy standen Gerd gegenüber. Susi schmiegte sich an Andy, schaute aber mit großen, bittenden, herausfordernden Augen auf Gerd: »Entweder wir gehen alle zusammen zur Tanke«, sagte sie, »oder ich geh mit Andy alleine hin, mein Guter.«

Gerd richtete sich zu seiner vollen Größe auf. Er überragte sie alle. Susi um einen ganzen, Andy um einen halben

Kopf. Seine Pranke schoss so plötzlich hervor, dass Andy sie weder abwehren noch ihr ausweichen konnte. Der Handteller prallte auf seine Brust und er wurde von Susi fortgeschleudert. Torkelte ein, zwei Schritte nach hinten, aber er konnte sich nicht halten und ging zu Boden. Gerd nahm seinen Platz neben Susi ein, streckte Andy die Hand hin und sagte: »Also gut, ey, gehn wa Kippen holen?«

Andy schlug die Hand aus und rappelte sich vom Boden hoch. »Was soll das denn?«, schrie er. »Biste meschugge, oder was!?«

»Mensch, wieso hauste den denn?«, fragte Susi.

»War ja nich gehaun. War nur geschubst, ey. Immer dieses Gelabere. Lass uns ma losgehen, wa«, befahl Gerd, stopfte die Hände in die Taschen und stieß Susi mit der Schulter voran in Richtung Okerbrücke, hinter der die Tankstelle lag. Sie schwankten die Straße entlang, aber ein bisschen von der lustigen Stimmung war durch den Stoß flöten gegangen.

Andy torkelte hinter den beiden her. In seinem Magen grummelte es. Das viele Bier, die Hamburger, der Stoß, der Sturz – ein dumpfer Schmerz begann ihn zu quälen. Er legte die Hände auf den Bauch und stöhnte. Auf der Brücke wurde er immer langsamer, bis er schließlich stehenblieb und sich am Geländer festhielt.

»Mir ist echt schlecht«, sagte er.

Gerd und Susi blieben stehen und drehten sich zu ihm um.

»Ey, das kommt von der Maces-Plörre«, sagte Gerd. »Steck 'n Finger in Hals und spucks aus, Mann.«

Die blonde Susi trat auf Andy zu und legte ihm die Hand auf die Schulter. »Was haste denn, mein Guter«, sagte sie.

Ihre Jacke schob sich hoch und gab das auf ihrem Steiß prangende Tribal-Tattoo frei.

»Ich weiß nicht ... mir ist ... schlecht.« Andy lehnte mit dem Rücken am Geländer der Brücke und streckte den Unterleib vor, beide Hände auf seinen Bauch gepresst.

»Lass mich mal«, sagte Susi, schob seine Hände beiseite und legte ihre rechte auf seinen Bauch. Andy lehnte sich gegen Susi und genoss zusehends ihre massierende Berührung. Gerd röchelte und begann leise zu knurren, während Susi sanft massierte und Andy wohlig stöhnte.

Gerds Gefühle explodierten. Er stürzte sich auf die beiden, stieß Susi zur Seite, ging in die Hocke wie ein Gewichtheber, packte Andy an beiden Fußknöcheln, riss ihn hoch und katapultierte ihn über das Brückengeländer hinunter in die Tiefe. Es war ihm egal, ob er in die Oker stürzen und ertrinken oder sich auf dem Weg am Ufer des Flusses den Hals brechen würde. Hauptsache, Andy war weg.

Susi schrie auf, als Andy plötzlich nicht mehr da war. Sie beugte sich über das Geländer und schaute nach unten. Andy lag leblos mit verdrehten Gliedern auf dem Asphalt. Gerd sah das verschlungene Tattoo über Susis Gesäß. Er streckte die Hand aus, um es sich endlich zu nehmen. Ehe er es berühren konnte, drehte Susi sich um. Ihre Augen sprühten. »Du Schwein«, zischte sie, drehte sich um und lief taumelnd in Richtung Tankstelle. Gerd spuckte ein Schimpfwort über die Brüstung, fletschte die Zähne und rannte ihr hinterher.

Diese Story basiert auf einer Meldung in der: *Braunschweiger Zeitung* vom 2. Februar 2010 mit folgender Überschrift: »Nebenbuhler von Okerbrücke geworfen. Anklage wirft 41-Jährigem versuchten Mord vor. Die Staatsanwaltschaft fordert Sicherungsverwahrung.« Laut Artikel kümmerte sich weder die Frau noch der Mann um den Schwerverletzten, der erst am nächsten Morgen gefunden wurde.

Erstabdruck in »Okergeschichten – Verbrechen. Wahnsinn. Leidenschaft.«, Braunschweig 2012

Lethal Weapon: Braunschweiger Parkplatz-Panzerfäuste

Die *meisten* schönen, gut riechenden, pittoresken oder irgendwie angenehmen Dinge auf dieser Welt wurden in Deutschland erfunden. Man denke nur an das Klima killende Automobil, die Homöopathie, die lebensgefährlichen Krankheiten mit ungesunden Zuckerkügelchen beikommen will, das Periodensystem, das jeden Schüler in den Wahnsinn getrieben oder die Kernspaltung, die in Japan ungefragt für landschaftliche Umgestaltungen gesorgt hat. Womit wir schon beim Thema wären, denn bei der Entwicklung von Waffen spielen unsere Komissköppe zwischen Flensburg und Passau natürlich auch ganz vorne mit. Nimmt man die V2 mal raus, die streng genommen ja die wirre Idee eines

Österreichers war, ist auf Tötungshilfen »Made in Germany« Verlass. Egal ob es im Libanon, in Syrien, im Kongo oder in irgendwelchen Emiraten am sandigen Arsch der Welt kracht – deutsche Ingenieurskunst sorgt zuverlässig für amtliche Verwüstungen.

Und so verwundert es wenig, dass die Panzerfaust in Deutschland entwickelt wurde. Und zwar von der HASAG in Leipzig, einer Firma, die spätestens ab Anfang der 1930er Jahre bis zur Halskrause im Rektalbereich der braunen Machthaber steckte. SS- und SA-Granden leiteten den Betrieb, als Betriebsdirektor verdingte sich der Ingenieur Wilhelm Renner, nebenbei der Vater einer gewissen Hannelore Kohl. Eben jener Renner soll sich gemeinsam mit dem Kollegen Edmund Heckler (der spätere Gründer des bis heute erfolgreichen Waffenherstellers Heckler & Koch) die Panzer der Alliierten angeschaut und selbige als störend empfunden haben. Also entwickelten sie 1943 eine neue Waffe, um den Blechtanks Feuer unter der Getriebewelle zu machen.

Und weil sich zu dieser Zeit kein Mensch Gedanken um Nachhaltigkeit machte, wurde das Feuerrohr gleich als Wegwerfwaffe konzipiert. Geschoss aufs Rohr gesteckt, abgeschossen, Rohr wegwerfen und weglaufen. Denn dank des nach hinten austretenden Gasstrahls konnte der Feind sehr gut sehen, wo der Schütze stand. Auch explodierte das Geschoss sofort, wenn es auf etwas traf, und das musste kein Panzer sein. Die Rote Armee kam auf die Idee, einfache Fußsoldaten im Abstand von 100 Metern um ihre Panzer herum mitlaufen zu lassen. Wurde ein Soldat getroffen, zerteilte sich dieser samt seinen nebenstehenden Kameraden in ein niemals zu lösendes Puzzle, der Panzer aber blieb heil. Ein durch und durch grandioses Waffensystem also, das sich trotzdem durchsetzte. Die Pläne für die Panzerfaust fielen Amis und Russen in die Hände, sie bauten sie nach und »verbesserten« sie, sodass sie bis heute im Einsatz ist.

Allerdings greifen nicht nur Soldaten und selbsterklärte Gotteskrieger zum Leipziger Rumsrohr, in Einzelfällen vertrauen auch ganz gewöhnliche Ganoven auf diese Waffe. So fiel deutschen Hobbypolizisten bundesweit das Abendessen aus dem Gesicht, als sie am 29. September 1995 Ede Zimmermann und »Aktenzeichen XY« einschalteten. Dort wurde in einem Einspielfilm, in dem sich wie gewohnt Laiendarsteller, Schauspielschüler und abgehalfterte Seriendarsteller aus dem Vorabendprogramm mit putzigen Dialogen gegenseitig die Haare vom Kopf stottern, ein dreister Überfall auf einen Geldtransporter gemeldet. Zwei Männer hatten sich im Februar desselben Jahres vor einem Supermarkt in der Otto-von-Guericke-Straße bei Schnitzel und Currywurst vergnügt, bevor sie urplötzlich einen eintreffenden Transporter anhielten. Und zwar mit einer Panzerfaust. Die beiden Ganoven erbeuteten anderthalb Millionen Mark und flüchteten in einem Geländewagen, den sie später gegen einen BMW tauschten. Obwohl die beiden Galgenvögel vor, während und nach der Tat von diversen Zeugen beobachtet wurden, konnten sie in der Braunschweigerischen Diaspora verschwinden und waren nie wieder gesehen. Bis 2020 ein paar pfiffige Ermittler den Reemtsma-Entführer und notorischen Verbrecher Thomas Drach in Amsterdam verhafteten. Dem eierköpfigen Unsympathen wurden und werden verschiedene Überfälle in Deutschland vorgeworfen. Und dabei war er ziemlich genau so vorgegangen wie die Täter 1995 in Braunschweig. Sollte da etwa ...? Das könnte ja ...! Wäre es möglich, dass ...? Bevor die Behörden eine wasserdichte Anklage zusammengebastelt hatten, war der Fall auch schon verjährt. Heute geht man davon aus, dass Drach sehr wahrscheinlich einer der beiden Täter war. Er hatte Geld für seine Entführung von Reemtsma gebraucht, die rund ein Jahr später stattfand. Sein Komplize war möglicherweise ein Australier, der mit seinem Anteil der Beute gen Heimat entfleuchte und ebenfalls nie behelligt wurde. Ein nahezu perfektes Verbrechen also, und das ausgerechnet vor unserer Haustür.

21 Jahre später, im Jahr 2016, kehrte die Panzerfaust zurück nach Braunschweig. Okay, es war wahrscheinlich nicht Draches Wumme, sondern irgendein anderes Fabrikat. Aber das spielt keine Rolle. Fakt ist, dass an diesem Tag die Besatzung eines Geldtransporters schon wieder in die Mündung einer Panzerfaust schauen muss. Wieder auf dem Parkplatz eines Geschäfts, wieder erbeuten zwei Täter einen erheblichen Geldbetrag, während das dritte Mitglied der Bande das Bettenlager ausraubt. Wenn man schon mal da ist. Nach der Tat fällt der Verdacht dank DNA-Analyse schnell auf drei untergetauchte Ex-Mitglieder der RAF. Für die jüngeren Leseratten: Die RAF war keine frühe Form des WLAN und ist auch nicht das Autokennzeichen für Rotenburg an der Fulda, sondern der Name einer Terrortruppe, die ab 1970 über zwei Jahrzehnte und mehrere Generationen durch die Bundesrepublik mäanderte, um den Staat zu stürzen. Dabei hatte jedes Mitglied andere Ideen, einige wollten die Ausweitung

der DDR, andere Stalin ausbuddeln, wieder andere alles kaputtmachen, was sie kaputtmacht, und auf den Trümmern ein vegetarisches Barbecue veranstalten. Im Laufe der Zeit wurden manche dieser Terroristen geschnappt, andere aus Versehen erschossen oder sie brachten sich, die Staatskasse schonend, gleich selbst um. Einigen wenigen gelang die Flucht in den Untergrund, wo sie bis zum heutigen Tage verweilen. Ernst-Volker Staub, Burkhard Garweg und Daniela Klette, das mutmaßliche Trio aus Cremlingen, gehört zur letzten Kategorie. Seit Jahrzehnten huschen sie durch heimische Wälder, mieten konspirative Wohnungen im Jemen an und hören Lieder von Wolf Biermann. Na gut, was genau sie treiben, weiß natürlich niemand, denn sonst hätte man sie ja längst gefangen. Aber das Leben im Schatten soll wohl ziemlich teuer sein. Allein das Geld für falsche Bärte und Sonnenbrillen. Also überfällt das Trio in schöner Regelmäßigkeit Supermärkte und Transporter, um über die Runden zu kommen, stellt sich dabei aber ziemlich dusselig an und geht häufig leer aus. In Cremlingen blieb ein Betrag von unbekannter Höhe hängen, bevor das Trio wieder verschwand.

Diese unschönen, für die Opfer ganz sicher traumatischen Erlebnisse sind die eine Sache. Das Sicherheitsempfinden des Autors dieser Zeilen eine andere. Ich persönlich möchte mir an dieser Stelle und für alle Zeiten verbitten, mit einer zur Bereinigung der Ostfront entwickelten Kriegswaffe bedroht zu werden, nur weil ich in Braunschweig ein Pfund Butter oder einen neuen Kopfkissenbezug kaufen will. Wo sind wir denn hier? South Central,

L. A.? Mexiko City? Am Hauptbahnhof von Hannover? Bleibt mit euren Monsterballermännern zu Hause oder spendet sie besser gleich dem Panzermuseum Munster. Die Zeiten sind echt vorbei.

Ich möchte ein Verbrechen melden.
Ich hasse diese Denunzianten!

Konfusion

Das Briefpapier in Ruth Meiers Händen zitterte. Sie hob den Kopf und schaute auf das Fenster, durch das das letzte fahle Licht eines späten Januarnachmittags in die Küche drang.

Dieser Schuft! Er wollte sie verlassen. Nach all dem, was sie für ihn getan hatte! Sie rackerte sich ab, um seine Schulden zu bezahlen, während er den Winter gemütlich im Knast verbrachte. Und als Dank wollte er sie verlassen! Sollte er doch, das Aas. Dann war sie ihn endlich los!

»Aber die Kinder, die Kinder kriegst du nicht«, zischte sie und warf ihre schwarzen Locken nach hinten. Die Zwillinge Barbara und Monika vielleicht, aber auf keinen Fall die beiden Jüngsten, Detlef und Jörg.

Drei Mal hatte sie den Brief schon gelesen. Wütend knüllte sie ihn zusammen. Öffnete mit dem Haken die Kochplatte der Küchenhexe. Rauch quoll aus dem Herd hervor. Sie steckte das Knäul hinein, und eine gelbe Flamme leckte aus der Öffnung. Polternd schob sie die runde Metallplatte wieder über das Loch.

»Du Versager. Du mieser Gauner!«, rief sie. Aus dem Gefängnis hatte er ihr den Brief geschickt, abgestempelt vorgestern, am 23.1.1966. »Mich verlassen! Haha! Ich werde *dich* verlassen, Alfred!« Es wäre nicht das erste Mal. Sie war gut im Verlassen. Wenn sie auch nicht viel mehr zuwege brachte als Kinder kriegen und Gäste bedienen, *das* konnte sie: Verlassen.

Aufgebracht packte sie einen Lappen und wischte mit kreisenden Bewegungen über den Küchentisch. *Dabei habe ich Jahre mit meiner Hände Arbeit Nacht für Nacht seinen Schuldenberg abgetragen.* Für ihn habe ich in den Bars und Cafés geschuftet! »Für ihn. Seine Schulden. Und seine Kinder«, murmelte sie, dann hielt sie mitten in der Bewegung inne. *Warum putzt du eigentlich die Küche*?, sägte es in ihr. *Das soll doch seine Schlampe machen! Die dann hier reinkommt! Aber die Jungen kriegt der nicht!* Sie warf den Lappen auf den Boden und begann hemmungslos zu weinen. Warum? Warum konnte ihr Leben nicht ein einziges Mal wie ein langer, ruhiger Fluss sein? Ein Fluss, der leise plätschernd dahinfloss, ohne tosende Strömungen und tückische Untiefen.

Was sollte sie denn tun, wenn er ...? Wenn er die Trennung will? Nein! Das hielte sie nicht noch einmal durch. Ihr ganzes Leben bestand aus Trennungen. Angefangen bei ihrer Mutter, die sie mitten im Krieg verlassen hatte. Dann von dem Bauern, der Vater ihres ersten Kindes. Zwanzig Jahre war das her, da war sie gerade mal siebzehn gewesen. Dann die Trennung von ihrem ersten Ehemann, dem Vater der nächsten beiden Bälger. Alle drei Kinder hatte sie zurückgelassen und war mit dem Alfred weg. Nein! Keine Trennung mehr! Dann bringe ich lieber alle um, dachte sie und schrie: »Verdammtes Männerpack!«, hob den Kopf und sah ihren Jüngsten in der Küchentür stehen.

»*Mami, was tust du?*«, fragte der Sechsjährige.

»Aber euch kriegt er nicht«, zischte sie, wischte sich verbittert die Tränen ab. »Komm her, Hase.«

Jörg zögerte einen Augenblick, bevor er zu seiner Mutter trat. Ruth strich ihm mit der Hand über den Kopf. »Der kriegt nichts«, flüsterte sie. »Gar nichts kriegt der ... auch die Wohnung nicht.« Dann stürzte sie plötzlich aus der Küche, durch den Flur, raus aus dem Haus, durch den Schnee und in den Schuppen, dahin, wo das Beil im Hackklotz steckte. Das Beil, mit dem sie jetzt alles kurz und klein schlagen würde.

Aber es war nicht da. Zornig stapfte sie am Hackklotz vorbei, suchte es im schummrigen Licht der 15-Watt-Glühbirne. Da lag es, auf dem gestapelten Holz. Ruth Meyer packte den Stiel, und als sie sich umdrehte, sah sie, dass Jörg ihr in den Schuppen gefolgt war. »Was willst du!?«, schrie sie ihn an.

Erschrocken stolperte der kleine Junge im Zwielicht über die Holzscheite, die verstreut am Boden lagen, wollte sich am Hackklotz festhalten und riss sich einen Holzsplitter in die Hand. »Aua, Mutti ...«, wimmerte er.

Mit dem Beil in der Hand ging sie zum ihm. Die Jungs kriegt er nicht, hämmerte der Zorn in ihrem Verstand. Die

Zwillinge vielleicht, aber nicht die beiden Jungs, niemals, der Schuft!

»*Ein Junge weint nicht*«, sagte sie und hob das Beil. Schlug es mit aller Kraft in den Hackklotz und beugte sich zu ihrem Sohn hinunter. »Zeig mal, Hase.« Sie zog ihm den Splitter aus der Haut und tröstete ihn. »Guck, es blutet nur ganz wenig. Ist gleich wieder gut.«

Am Vormittag dieses düsteren Tages hatte sie im *Café Koch* am Bohlweg gearbeitet. »*Vielleicht suche ich mir eine kleine Wohnung*«, hatte sie zu einer Kollegin gesagt, »und fange noch mal ganz von vorn an. Ohne diesen Mann und ohne seine Kinder.« Dann würde sich die Lüge endlich bewahrheiten, die sie ihren Mitarbeiterinnen erzählt hatte. Die Lüge, die sie auch gegenüber den Gästen in den Nachtbars, der *Kajüte* in der Langen Straße und der *Melodia-Bar*, immer benutzt hatte, um mehr Trinkgeld zu bekommen: sie sei ledig und kinderlos. Denn *eine Serviererin darf weder verheiratet noch Mutter sein.* Und schon gab es statt ein paar Pfennigen eine ganze Mark, mit der sich die Männer ihre Gunst erkaufen wollten.

Im *Café Koch*, wo sie seit zwei Jahren als 1. Serviererin arbeitete, funktionierte das auch. Und so hatte sie dort Rolf, einen älteren, aber adretten Polizisten, kennengelernt. Als der Alfred eingefahren war, ging sie auf seine Schmeicheleien ein. Und auch wenn sie sich an ihn schmiegte, er sie tätschelte, sie sich küssten und er brummte, er habe sich wohl in sie verliebt, hatte sie ihm nicht die Wahrheit gesagt. Aber jetzt, wo Alfred sich trennen wollte, konnte sie es endlich tun. Jetzt war sie frei.

Rolf war einundzwanzig Jahre älter als sie, seriös, vernünftig, ein Fels in der Brandung des Lebens. *Ein ruhender Pol, ein Mann, der sie zum ersten Mal als Frau respektierte.* Nicht solch ein Versager wie ihr Ehemann, der nur saufen, rumhuren und Schulden machen konnte. Zu Rolf würde sie gehen. Und zwar jetzt!, dachte sie, als sie mit Jörg im Hausflur stand. Sie würde sich jetzt mit Jörg in den Bus setzen, durch ganz Braunschweig bis nach Rüningen fahren, Rolf die Wahrheit sagen und ihm ihren Jüngsten zeigen.

»Wir müssen noch mal wo hin«, sagte sie und nahm Jörgs Anorak vom Haken, zog sich die dicke Jacke mit dem Pelzkragen an. Schaute in den Spiegel. »Warte einen Moment, Hase.« Und eilte in das Bad. Griff zum Haarspray, bauschte ihre schwarzen Locken auf, zog sich flink die Augenbrauen, die Wimpern und die Lippen nach.

Jörg hatte brav im Flur gewartet. Sie setzte dem Jungen die grüne Pudelmütze auf, nahm ihre Handschuhe und die Handtasche, und sie verließen das Haus. Es war kurz nach 18 Uhr, als sie mit ihm den Waggumer Weg runter zur Bushaltestelle an der Bevenroder Straße ging.

In Höhe der Gärtnerei kam ihnen Detlef, ihr Zweitjüngster, entgegen, der bei einem Freund ferngesehen hatte. »Komm du auch mit, ich muss euch was zeigen«, sagte Ruth und nahm auch ihn bei der Hand.

»Was willst du uns denn zeigen?«, fragte Detlef, als sie auf den Bus warteten.

»Das ist eine Überraschung.«

»Eine große?«

»Oh ja! Die ist groß«, sagte sie mit rotem Gesicht. Groß

wie ein Fels in der Brandung. Und nicht so ein Versager wie euer unnützer Vater. Nichts wird er kriegen! »Euch kriegt der nicht«, murmelte sie, ihr war heiß und sie knöpfte die Jacke auf.

»Was kriegt der nicht?«, fragte Detlef.

»Euch. Meine beiden Jungs«, sagte sie, strich ihm mit funkelnden Augen und lächelnd über das blonde Haar. »Er wird euch mögen.«

Die Uhr der Rüninger Kirche schlug sieben Mal, als Ruth Meier mit ihren beiden Söhnen über die Hauptstraße ging und in den Leiferder Weg einbog. Jörg und Detlef traten wie Fußballer auf den schmutzigen Schnee ein, der, von der Straße weggeschoben, den halben Gehweg versperrte. Dabei lachten sie fröhlich, während ihre Mutter mit zusammengezogen Augenbrauen auf das Haus zuschritt, in dem Rolf wohnte. Was sollte sie nur tun, wenn er nicht da war? Einfach wieder nach Hause fahren? Aber wo war das, Zuhause? Ihr Mund verzog sich zu einem schrägen Lächeln. Hier natürlich!

Als sie auf dem kurzen Weg stand, der durch den Vorgarten zur Haustür führte, begann ihr Herz heftig zu klopfen. Im Wohnzimmer brannte Licht. Was würde Rolf sagen ... zu den Kindern ... würde er ...? Sie wagte nicht daran zu denken. Jörg kreischte auf, als Detlef ihn mit einem Schneeball bewarf.

»Jungs! Hört auf und kommt her!«, rief sie.

Gehorsam trotteten die beiden zu ihr, und sie beugte sich zu ihnen hinunter. »Ihr seid jetzt schön brav, ja.«

»Was willst du uns denn zeigen, Mutti?«, fragte Detlef wieder.

Sie wies auf das Haus. »Das hier. Hier drin werden wir bald wohnen. Ist das nicht schön!«, sagte sie mit einer Stimme, die irgendwie anders klang als sonst, rau und kehlig.

Die beiden Jungs nickten. Ruth richtete sich wieder auf und glaubte aus den Augenwinkeln heraus eine Bewegung an dem dunklen Küchenfenster gesehen zu haben. Sie ging zur Haustür, zupfte nervös an ihrer Jacke. Zog einen Handschuh aus, drückte auf die Klingel. Hob die flache Hand hinter das Ohr und bauschte zart die schwarzen Mähne nach oben. Wartete. Nichts rührte sich. Vielleicht war er gerade auf der Toilette? Wieder wurde ihr heiß. Sie drückte erneut auf den Klingelknopf. Hörte das dumpfe Schrillen. Wartete.

»Da ist wohl niemand zuhause«, sagte Detlef. Doch, er war da. Rolf war zuhause, oder? Ihre Augenbrauen bewegten sich hoch und runter, die Zornesfalte kam und ging, auf ihrer Stirn walkte die Haut, und ihr Verstand bekam Risse. Das Licht brannte ... er musste da sein ... aber vielleicht hatte er nur vergessen es auszumachen? Noch einmal drückte sie zitternd auf den Knopf. Nichts. Aber die Bewegung am Küchenfenster? Er war doch zuhause. Er war zuhause. Und er öffnete nicht. Er öffnete die Tür nicht.

»Mutti, was ist denn nu'?«, fragte Jörg.

Aber sie konnte ihm nicht antworten. Bebte am ganzen Körper. Der Schweiß brach ihr aus. Für niemandem war sie gut genug! Nie, nie, nie reichte es, was sie auch tat. Ob sie schuftete wie ein Pferd oder sich hingab wie eine Hure: es-reich-te-nie!

Wie aus weiter Ferne hörte sie Detlefs Stimme. »Mutti, wo gehst du denn hin?«

»Kommt mit«, krächzte sie und ging zur Straße zurück. »*Zu einer Tante. Und dann ganz weit fort.* Kommt.« Ruth ging einfach immer weiter die Straße hinunter. Von einem Lichtkegel der Straßenlaternen in den nächsten. Die Gardine hatte sich bewegt. War er zuhause und öffnete nicht, weil sie die beiden Jungs dabeihatte? Ja! Das war's! Wäre sie allein gewesen, hätte er sie reingelassen, dachte sie, und schritt plötzlich durch weichen Schnee, ohne es recht zu merken. Er hat die Jungs gesehen, sägte es in ihr, deshalb.

»Mami? Gehen wir jetzt nach Hause?«

Nach Hause ... »Ja, wir gehen ... nein, wir gehen ... zu einer Tante«, stammelte sie und stapfte weiter durch den Schnee. Über ein kleines Brücklein. Blieb mitten auf dem Bahndamm, der dahinter verlief, stehen. Wenn jetzt ein Zug kommen würde, dann hätte alles ein Ende. Aber es kam kein Zug. Dann hörte sie das Wasser durch das nahe Wehr rauschen.

Sie nahm Jörg bei der Hand, zog ihn vorwärts, über das Feld, auf dem der Schnee unberührt lag. Dahinter donnerte das Wasser der Oker durch das Wehr. Es gibt keinen Fels in der Brandung, dachte sie, und Tränen schossen ihr in die Augen. Es ist eine Lüge. Lüge, Lüge, Lüge! Alles ist immer nur Lüge. Sie war es so unendlich leid.

Mit dem kleinen Jörg an der Hand taumelte sie durch den Schnee.

»Mutti, wie weit ist es denn noch?«, fragte Detlef, klaubte eine Handvoll auf und biss hinein.

»Ist nicht mehr weit, Hase. *Ihr braucht keine Angst zu haben.* Gleich … da …«, flüsterte sie.

Das schwarze Wasser der Oker stand hoch, und Ruth Meier sah, wie es schäumend durch das Wehr toste.

»Geh mal da hin«, sagte sie zu Jörg und zeigte auf das kleine Wehrhäuschen. Dann trat sie mit Detlef an das Geländer. Die Jungs kriegt er nicht, dachte sie und hob ihn hoch.

»Was machst du denn, Mutti?«

»Schau, wie das Wasser schäumt«, sagte sie, setzte ihn auf dem Geländer ab. *Es sollte nicht weh tun. Es sollte alles sehr schnell gehen.* »Ich hab dich lieb.« Und gab ihm einen Stoß.

Sie hörte Detlefs Schreie nicht. Aber sie sah, wie er mit den Armen ruderte und versuchte, irgendwo Halt zu finden. Vergeblich, denn es gab keinen Halt, niemals gab es Halt, wer wusste das besser als sie.

Plötzlich stand der kleine Jörg neben ihr. »Was machst du da, Mami? Wo ist denn Detlef?«, fragte er. Mit starrem Gesicht nahm sie ihn auf den Arm und beugte sich über das Geländer.

Detlef? Ja, wo ist Detlef?, fragte sie sich, stand da und starrte in das brodelnde Okerwasser. Nein! Nein! Was habe ich getan!? »Detlef! Hase!«, rief sie, während Jörg zu weinen begann und versuchte, sich aus ihren Armen zu befreien.

Nein! Nicht auch noch der Kleine, dachte sie in ihrem von Panik verknoteten Hirn. Aber der Sechsjährige wandte sich in ihren Armen hin und her. »Mutti! Lass mich doch los!«, schrie er. Niemanden kannst du festhalten! Keinen Menschen kannst du bei dir behalten!, kreischte es in ihrem

Kopf. Die Kinder nicht, ihre Väter nicht, und Rolf erst recht nicht! Wegen der Jungen! Sie ließ Jörg los, und er rutschte über das Geländer ins Wasser. Auch er wurde von der Strömung erfasst, seinem Bruder hinterher in die Tiefe gerissen, *sie gingen unter wie die Steine – und dann war alles so still.*

Sie lief am Geländer entlang, rief: »*Hase! Hase! Wartet, Mutti kommt!*«, wollte ihren beiden Jüngsten hinterher in das nasse Grab springen, aber als das Geländer zu Ende war, lief sie einfach weiter am Ufer entlang, stromabwärts, immer weiter und weiter und weiter ...

Am nächsten Tag gab Ruth Meier eine Vermisstenanzeige auf. Die Polizei begann nach den beiden Jungen zu suchen, aber schnell kamen Zweifel an der Geschichte auf, die ihre Mutter erzählte. Nach fünf Tagen – einen Tag, bevor man Jörgs Leiche fand – gestand sie die Tat. Und vier Wochen später, als man drei Kilometer flussabwärts vom Tatort Detlef entdeckte, war seine Mutter bereits des Doppelmordes angeklagt.

Dieser Fall, der europaweit Schlagzeilen machte, wird auch in der »Stadtchronik« auf www.braunschweig.de benannt: »21. Oktober 1966 – Das Schwurgericht Braunschweig verurteilt die Serviererin Ruth Meier wegen Mordes an ihren Söhnen Detlef (8 Jahre) und Jörg (6 Jahre) zu lebenslänglich Zuchthaus.«

Den Tattag und -hergang habe ich nach Aussagen von Frau Meier rekonstruiert, die sie in der Gerichtsverhandlung gemacht hatte und die in zahlreichen Zeitungsartikeln abgedruckt wurden. Die kursiv gesetzten Textstellen sind original daraus übernommen.

»In mir war alles konfus«, sagte sie. »Ich habe meine Kinder geliebt.« Und auch ihr Ehemann behauptete, sie sei eine gute Mutter gewesen. Ein psychiatrisches Gutachten bescheinigte ihr eine etwas unterdurchschnittliche Intelligenz, hielt sie aber für voll schuldfähig.

Dank an die Facebook-Gruppe »Braunschweig im Wandel der Zeit« für die Ortsangaben der Bars.

Nachlesen im WWW: »Ein Bild der Schuld, das keinem Dichter gelingt«, *Spiegel*, 44/1966

Bang Boom Bang: Panzerknacker in der Löwenstadt

Nicht wenige von uns denken bei Gaunern und Ganoven immer noch in romantisierenden Bildern. Zwielichtige, aber irgendwie auch sympathische Gestalten, die sich aus purem Geldmangel zusammentun, einen Plan ausbaldowern und schließlich »ein Ding drehen«. Woher dieser tendenziell eher positive Eindruck kommt, wäre eine Frage für die Psychologie. Wahrscheinlich betrifft es vor allem die Generation, die mit der Olsenbande und den Panzerknackern aufgewachsen ist. Da wirkten selbst die bösesten Taten immer noch irgendwie gemütlich. Ähnlich verhält es sich mit »Bang Boom Bang«, diesem deutschen Filmmeisterwerk aus dem Jahre 1999, in dem gleich eine ganze Riege von herrlich abgewrackten Mimen der Marke Diether Krebs, Ralf Richter, Martin Semmelrogge, Oliver Korittke und Hilmi Sözer durchs Kriminellenmilieu geistert (Til Schweigers kleine Gastrolle lassen wir mal mit voller Absicht unter den Tisch fallen), dabei stiehlt, raubt, verletzt und zerstört, aber eben immer cool und sympathisch ist. Ich persönlich habe mich schon oft gefragt, ob sich echte Verbrecher, die sich mitten in der Nacht auf den Weg machen, um Geldautomaten oder Tresore zu sprengen und/oder aus der Wand zu reißen, sich heimlich so fühlen wie die Protagonisten aus dem Film.

Vielleicht verrät es mir ja mal jemand, Fakt ist jedenfalls, dass sich die Meldungen häufen, in denen von gesprengten Automaten die Rede ist. Auch in Braunschweig scheint diese Masche immer beliebter zu werden. Gut, so ein Banküberfall wirkt mittlerweile wirklich ein wenig aus der Zeit gefallen. Der Geldvorrat am Schalter hält sich in Grenzen, überall hängen Videokameras, und selbst die Kunden sind mit kleinen Kameras ausgestattet, mit denen sie eigentlich telefonieren sollten. Machen sie aber nicht, stattdessen halten sie voll auf den Überfall drauf, und bevor Ede mit seinem Sack voller Scheine und Münzen den Laden verlassen hat, geht sein kleiner Coup längst im Internet viral. Natürlich schnell mit den entsprechenden Kommentaren versehen. Da stehen dann Sätze wie »Ey, dat is doch mein Onkel Fred«, »Die Wumme ist eh nicht echt« oder »So wie der geht, hatte der gerade ne Hüft-OP, checkt mal die Krankenhäuser«. Ganz im Ernst, wer hätte da noch Lust, als Bankräuber zu arbeiten?

Bleibt noch der Mann-gegen-Mann-Überfall im Park, der sich ebenfalls immer noch einer gewissen Beliebtheit erfreut. Aber der direkte Kontakt mit dem Kunden schreckt doch zunehmend ab. Vielleicht kann das Opfer Karate oder hat ne fiese ansteckende Krankheit. Außerdem rennen viele nur noch mit bunten Plastikkärtchen in der Geldbörse herum. Da muss man dann wieder PIN-Nummern erfragen, das kostet Zeit, wird schnell blutig und damit lästig. Die Variante mit der Geldautomatensprengung wirkt da auf den ersten Blick deutlich entspannter und lukrativer. Mit dem Auto vorfahren, ein bisschen selbstgebasteltes Feuerwerk verteilt, Zündung, und schon flattern die Hunderter durch die Luft. Gut, manche sind ein bisschen angesengt, andere haben von der Explosion zu viel Schub bekommen und landen erst zwei Stadtteile weiter auf einer Wiese, wo sie von einer gleichgültig dreinblickenden, aber doch irgendwie antikapitalistisch eingestellten Kuh gefressen werden. Aber dafür stören morgens um drei irgendwo in Lehndorf oder Geitelde auch keine neugierigen Zuschauer. Erst mal wenigstens nicht, denn der Krach weckt natürlich die Anwohner, die sich mit grimmiger Miene aus dem Fenster lehnen und sofort die Cops rufen. Ein bisschen Abenteuerlust gehört also schon dazu, wenn man sich in seinen Ford Fiesta schmeißt, um in tiefster Nacht Oma Meiers Rente durch die Luft wirbeln zu lassen.

Dass solchen Gaunern überhaupt nichts heilig ist, beweist eine Sprengung am Bebelhof, die in der Nacht vom Heiligen Abend auf den ersten Weihnachtstag 2021 stattfand. Hallo? Weihnachten! Fest der Besinnung? Heilandsentbindung? Kling Glöckchen, klingelingeling? Merkt ihrs noch? Die festliche Stille mit einer selbstgebastelten Bombe zu zerreißen ... Aber es gibt manchmal doch noch ein wenig Gerechtigkeit auf diesem Planeten, denn die Täter erbeuteten nicht einen Cent. Zwar hinterließen sie einen ordentlichen Sachschaden, aber die Kohle blieb in der Kassette. Möge für euch beim nächsten Feste nicht mal mehr eine vertrocknete Feige unter dem Baum liegen! Selbiges möchte man jenen Kollegen wünschen, die wenige Wochen zuvor ihren TNT-Fetisch an einem Automaten in Rautheim ausließen. Jener war an einem Einkaufszentrum angebracht. Aber anstatt direkt die Tür zum Konsumtempel zu sprengen und Fernseher, Computer und Geschmeide einzusacken, probierten sich die Hobbyböllerer lieber am Geldautomaten aus. Obwohl die Polizei schnell vor Ort gewesen sein will, waren die Sprengmeister schon über alle Berge und sitzen heute wahrscheinlich am Goldstrand von Bulgarien, wo sie ihre Fanta-Korn mit angekokelten Fuffis bezahlen. Neben dem explodierten Automaten entstand auch erheblicher Sachschaden am Gebäude. Aber so etwas interessiert solche Leute ja nicht.

Nach nahezu gleichem Muster lief wiederum einige Monate zuvor eine Tat in Stöckheim ab. Die Täter kamen um kurz vor vier, jagten einen Geldautomaten an einem Einkaufszentrum in die Luft und verschwanden unerkannt. Der laute Knall soll den Geparden im benachbarten Zoo geweckt haben. Nach kurzer Überlegung sah das Tier allerdings von einer Verfolgung der Täter ab. So viel Auslauf ist es einfach nicht gewohnt.

2019 musste ein Automat in Lehndorf daran glauben. Wie in den meisten anderen Fällen kam die Polizei zwar schnell, aber nicht schnell genug. Damals gaben die Beamten allerdings eine vielversprechende Fahndung heraus. Die Täter könnten in einem weißen Pkw geflüchtet sein. Bei solch präzisen Hinweisen kann es nur noch Generationen dauern, bis der Fall aufgeklärt wird.

Ganz so einfach ist es allerdings nicht, den Verbrechern auf die Schliche zu kommen. Es ist ja nicht so, als würden sich diese nicht vorbereiten. Es existiert angeblich sogar ein Ausbildungsprogramm für die Nachwuchssprenger. Die bekommen im Alter von 12 Jahren zu Silvester das erste Mal einen China-Böllder D in die Hand gedrückt, um Nachbars Briefkasten mitsamt Inhalt zu pulverisieren. Klappt das einigermaßen unfallfrei, geht es weiter mit dem zweiten Ausbildungsmodul, dem Sprengen von Kippenautomaten. Die sind im öffentlichen Stadtbild mittlerweile so selten wie ausgewachsene Komodowarane, also muss sich die neue Generation ein bisschen anstrengen und wird auch im Aufspüren des Zielobjekts geschult. Im Zweifelsfall stehen in der Weststadt garantiert noch ein paar Fluppenschränke in der Gegend herum. Hier macht sich das Bübchen dann mit selbstgebastelter Knallknete daran, den Bargeldvorrat des Geräts zu plündern. Als Gratiszugabe gibt es noch Zichten, bis die Lunge pfeift. Genau so geschehen im Mai 2018, als morgens um kurz vor halb drei ein Zigarettenautomat in die Luft flog und die Täter mit einer Gesamtbeute von rund 5.000 Euro fliehen konnten. Ganz ohne Sprengstoff kam eine Trickdiebin im April 2022 aus. Sie klingelte bei einem Pflegewohnheim, stellte sich der Bewohnerin als neue Pflegekraft vor und lenkte die Dame ab, während ihr Komplize die Wohnung durchsuchte und gleich einen ganzen Tresor entwendete. Das Fehlen ihrer massiven Schatztruhe fiel der Bestohlenen gar nicht auf, unter anderem auch deshalb, weil nichts Wertvolles im Tresor steckte. Selbiger wurde Tage später aufgebrochen in der Nähe von Hannover gefunden und enthielt noch die persönlichen Papiere der Frau. Die Gesichter des Gaunerpärchens hätte ich gerne gesehen. Statt Perlen und Aktien von Tesla gab es nur eine vergilbte Geburtsurkunde und ein angebissenes Snickers. Eigentlich ist das der perfekte Schutz. Jeder Bewohner eines Pflegeheims oder alleinlebende Senior ab 70 sollte verpflichtet werden, einen Tresor im Schrank zu haben. Nicht zu klein, damit sich das Diebespack schön den Rücken ausrenkt, nicht zu groß, sonst bekommen sie ihn nicht mit. Und massiv muss er sein, damit sie ihn nicht vor Ort knacken können. Auf keinen Fall fest verbauen, sondern gut sichtbar im Kleiderschrank deponieren und abwarten. Sollen sie doch kommen, die elenden Aasgeier. Die Wertgegenstände liegen gut versteckt im Gefrierfach unter den Steckrüben.

Kehren wir noch einmal zum Mann-gegen-Mann-Überfall zurück. Denn eigentlich ist es überhaupt nicht nötig, einen kompletten Automaten in die Luft zu jagen, das macht Krach, Staub und schlechte Laune. Ein ungefähr 40 Jahre alter Täter wartete 2021 an einem Sonntagmorgen im Vorraum einer Bank in der Weststadt auf Kundschaft. Die trat dann in Form eines jungen Mannes ein, der sich ein paar Euros ziehen wollte. Der Täter ging auf den Mann zu, forderte noch ein paar Scheinchen oben drauf und spazierte von dannen. Eine deutlich leisere Methode, an den Inhalt eines

Automaten zu kommen. Das eingeschüchterte Opfer fand die Aktion sicher alles andere als lustig, aber so ist das eben mit Verbrechen: einer guckt immer in die Röhre. So wie ein 90-jähriger Rentner, der 2020 im Heidberg eigentlich nur Kontoauszüge ziehen wollte. Eine zwielichtige Gestalt gab sich als Mitarbeiter der Bank aus, teilte dem älteren Herrn mit, dass die Kontoausdruckmaschine defekt sei und er die EC-Karten der Bankkunden einbehalten müsse. Der Rentner gab dem Typen artig seine Karte und dackelte nach draußen. Nach kurzem Überlegen kam ihm die Nummer allerdings doch ein bisschen seltsam vor. Also drehte er um und ging zurück in die Bank, wo der angebliche Mitarbeiter fleißig Geld mit der Karte abhob und, als er sein Opfer sah, den Schuh machte. Nun stellen sich dem objektiven Betrachter bei einem solchen Szenario gleich mehrere Fragen: Woher kannte der Täter die Geheimnummer der Karte? Warum verließ der Täter nicht gleich die Bank und holte sich das Geld an einem anderen Automaten? Und wer gibt irgendwelchen Halunken, die in einem Vorraum einer Bank herumlungern, auch nur die korrekte Uhrzeit, geschweige denn seine EC-Karte und vielleicht sogar die PIN-Nummer? Jeder Topf hat einen passenden Deckel. Manchmal bekommt man den Eindruck, dass jedes Verbrechen auch sein Opfer findet, so bescheuert die Idee auch sein mag.

Die Vormieter haben sich in der Wohnung sehr wohlgefühlt!

Freiwild

Der Wind zerrte nicht nur an Lauras halblangen braunen Haaren, er warf auch immer wieder die mit Fellimitat besetzte Kapuze der beigefarbenen Winterjacke gegen ihren Hinterkopf. In der vielleicht einzigen böenfreien Ecke des Wartehäuschens standen betrunkene Typen, die sie schon in der Diskothek gesehen hatte. Außen, hinter der Plexiglaswand der Straßenbahnhaltestelle, drei fröhliche Mädels und neben ihr, etwa zwei Armlängen entfernt, ein Mann in einem olivgrünen Parka. Unbeweglich stand er da, die Hände in den Taschen vergraben, halb vermummt mit Schal und Basecap.

Wieder schlug der Wind ihre Kapuze hoch. Störte Justin Bieber bei seinem Song, als der Stoff die Ohrhörer streifte. Der Mann neben ihr hob den Kopf, schaute sie an, während sie die Kapuze bändigte. Für den Bruchteil einer Sekunde blitzten seine Augen unter dem Schirm des Caps hervor. Oh

Gott, dachte sie, himmelblau, leuchtend, wunderbar. Wie die von Jannis. Vielleicht ... sie tippte auf das Handy, rief seinen Chat auf. Aber da war nichts Neues. Vor zehn Tagen hatte sie ihm ein frohes neues Jahr gewünscht. Um 0:04 Uhr. Und er hatte ihr *sofort* geantwortet: »Dir auch«, und den Smiley geschickt, um den drei rote Herzchen herumflogen. Seitdem grübelte sie darüber nach, was das zu bedeuten hatte: die schnelle Antwort und dann der Liebes-Smiley. Vielleicht ...

Endlich kam die Straßenbahn. Eine Windbö schob sie hinein. Lauras Brille beschlug, und sie setzte sich auf einen der Vierersitze in der Mitte. Die kichernden Mädels verzogen sich nach hinten und der Mann im Parka setzte sich auf einen Platz ihr gegenüber. Der Wagen war fast leer, erst bei den nächsten Innenstadt-Haltestellen, Rathaus, Schloss und Kennedy-Platz, würde es voller werden. Das wusste sie, denn Laura fuhr nicht zum ersten Mal an einem frühen Sonntagmorgen mit der Bahn nach Hause.

Wieder schaute sie auf das Display, wechselte die Musik, blickte über den Rand der Brille auf den Mann im Parka, der gerade seinen Schal abwickelte. Ein gepflegter schwarzer Bart kam zum Vorschein. Jetzt sah er gar nicht mehr aus wie Jannis. Er schob das Basecap nach hinten, und wieder blitzen seine Augen sie an.

Laura drehte den Kopf, seufzte und sah aus dem Fenster, durch das die Lichter des Bohlwegs blinkten. Dann wieder auf das Display. »Komm gut nach Hause«, wünschte Sophia ihr.

»Ja du auch«, schrieb sie zurück. »War doch n netter Abend. Schade das ER nich dawar.«

»Bestimmt next Weekend!«, kam umgehend Sophias Antwort. Dann tippte sie sich bis zur Bildergalerie durch und schaute die Fotos an, die sie im Dezember von ihm gemacht hatte. In der Disco, mit blinkender Weihnachtsmütze, tanzend und lachend. Wieder seufzte sie. Für Jannis war sie wohl nur eine weitere Bekanntschaft. Warum dann aber die schnelle Antwort? Hatte er auf seiner Silvester-Party nichts Besseres zu tun gehabt, als ihr *sofort* zu schreiben?

Erneut ließ sie ihren Blick über den Mann im Parka schweifen, dann aus dem Fenster. Aber da war alles schwarz, und Laura sah nur sich selbst: ihr pummeliges Gesicht mit der rotgeränderten Brille vor den Glupschaugen, die knubbelige Nase und die viel zu dünnen Lippen. Niemals würde einer wie Jannis mit so etwas zusammen sein wollen. Aber dieser Smiley ...

»Richmondweg« stand auf der Anzeige. Die Bahn hielt und entließ einige Nachtschwärmer in den windigen Morgen, auch die fröhlichen Mädels stiegen hier aus. Laura hatte gar nicht mitbekommen, dass die Tram schon am Bahnhof vorbeigefahren war. Der Mann in dem Parka hatte die Arme vor der Brust verschränkt, den Kopf schief gelegt, das Kinn gehoben und starrte hoch auf den Streckenplan. Nein, er sah total nicht aus wie Jannis, war viel älter und irgendwie unangenehm. Weiter hinten saßen zwei Frauen mit Kopftüchern, die sich mit flatternden Gesten unterhielten; ein Mann in Arbeitsklamotten und einer grauen Wollmütze auf dem Kopf, der seine Fingernägel inspizierte; zwei dösende Flüchtlinge; Jugendliche mit halbversteckten Bierdosen und noch ein paar andere. Dann merkte Laura, dass der Mann nicht mehr den Streckenplan anstarrte, sondern sie.

Unwillkürlich sank sie in sich zusammen, hob das Handy hoch, als könne sie sich dahinter verstecken. Wischte auf dem Screen herum. Suchte nach anderer Musik. Spürte, dass die stechenden blauen Augen weiter auf sie gerichtet blieben und fühlte sich zunehmend unwohl.

Sie wendete sich wieder zum Fenster, sah sein Profil gespiegelt, als er sich plötzlich vorbeugte und sie ansprach. Aber sie verstand ihn nicht, drehte sich zu ihm und zog einen Earbud aus dem Ohr.

»Was?«, fragte sie und wich dem bedrohlichen Starren aus. Schaute auf seine Hände und sah, wie er mit der rechten die Finger der linken knetete, als sei er nervös.

»Ähm, die nächste Station ist doch das Herzogin-Elisabeth Krankenhaus, oder?«

»Ja ...«, sagte sie, nickte übertrieben, lachte albern und unsicher. »Haha ... genau.« Die Caipiroskas wirkten immer noch.

»Danke«, sagte der Mann, grinste sie an und stand auf. Laura schaute ihm erleichtert nach, als er zur Tür ging und ausstieg.

Sie steckte sich den Earbud wieder ins Ohr. Überlegte, ob sie Sophia von dem unangenehmen Typen schreiben sollte, ließ es aber bleiben, denn es war ja nichts passiert. Dann stand sie auf, beim nächsten Halt musste sie selbst raus.

Zusammen mit anderen Fahrgästen verließ sie um 3:50 Uhr die Linie 1 an der Haltestelle in Melverode. Bis nach Hause waren es nur ein paar Hundert Meter; über eine

Straßenbrücke, die über die Autobahn führte, dann musste sie den Schlesiendamm queren und einen Fußgängerweg zwischen zwei nutzlosen Schallschutzwänden entlanggehen, hinter denen das Hochhaus stand, in dem sie wohnte.

Auf der Brücke zerrte wieder der Wind an ihren Haaren. Sie zog die Kapuze über den Kopf, schaute auf das Handy, tippte, suchte die Playlist mit den Achtziger-Jahre-Hits. Ideal – »Deine blauen Augen«, genau das wollte sie jetzt hören. Sie kniff die dünnen Lippen zusammen, klemmte einen Daumen unter den Riemen ihrer Handtasche. Schaute an den Rändern der Kapuze vorbei nach rechts und links, keine Autos um diese Zeit. Bemerkte den Mann in den Arbeitsklamotten und der grauen Wollmütze nicht, der hinter ihr her schlenderte.

Laura stapfte über die Straße, sang: »... machen mich so sentimental ...«, verschwand zwischen den dunklen Schallschutzmauern wie in einem Canyon, verfolgt von einem schwarzen Schatten.

Als sie auf der anderen Seite wieder herauskam, war er nur noch wenige Schritte hinter ihr, aber die Kapuze behinderte ihre Sicht, Ideal ihr Gehör und die Caipiroskas ihren sechsten Sinn.

Kurz bevor sie die Haustür erreichte, zog sie ihren Schlüsselbund hervor, hielt ihn ins Licht, um den richtigen Schlüssel zu finden. Schloss die Glastür auf und betrat das Hochhaus. Drückte auf den Knopf des Fahrstuhls, noch ehe die gläserne Haustür hinter ihr wieder ins Schloss fiel. Aber das tat sie jetzt sowieso nicht, weil eine große Hand sie daran hinderte.

»Nicht-mehr-normal!«, sagte Laura, nickte zu den letzten Takten mit dem Kopf. Streifte die Kapuze ab, als sich der schwarze Ärmel einer Arbeitsjacke nach ihr ausstreckte. Sie plötzlich zur Seite stieß und weg von dem Fahrstuhl in die Richtung der Kellertreppe schubste.

Eine halbe Sekunde brauchten ihre Reflexe, bis sich ihre Finger an das Treppengeländer krallten, eine weitere die Panik, um in ihrem Kopf zu explodieren. »Ey!«, hallte ihr Aufschrei durch das leere Treppenhaus.

Er war größer als sie. Starrte sie durch eine dunkelgerahmte Brille an. »Sei ruhig«, zischte er. Packte ihre Schulter. Schob sie an die Wand. Langte unter die Winterjacke, griff ihr zwischen die Beine.

Laura hatte nie einen Selbstverteidigungskurs für Frauen besucht. Action-Filme, Gewalt, Waffen, das alles interessierte sie nicht. Sie war 26 Jahre alt und wünschte sich nach zwei unglücklichen Beziehungen endlich eine glückliche. Jetzt war sie paralysiert von dieser Konfrontation kompromissloser Brutalität. Die Hand zwischen ihren Beinen rutschte hoch, glitt über den Knopf ihrer Hose, über die Gürtelschnalle, über ihren Bauch. Das Adrenalin brachte sie zum Zittern. Und zum Schreien. »Ey! Nein! Was soll das! Hören Sie auf!«

»Du sollst ruhig sein!«, befahl er, während seine Hand sich auf ihre Brust legte und zudrückte.

»Ah! Nein! Hilfe!«, schrie sie, versuchte ihn wegzustoßen, aber der Mann drückte sie mit seinem Körper gegen die Wand und rieb seinen Unterleib an ihr.

»Du sollst deinen Mund halten!« Er konnte sie nicht schlagen, weil er sie mit der einen Hand festhielt und mit der anderen an ihrem Gürtel herumfingerte.

Immer mehr Adrenalin flutete Lauras Gehirn. Schaltete weitere Reflexe ein, weckte uralte Instinkte. Sie war schwach, ging nicht zum Fitness und hatte einige Pfunde zu viel. Damals, in der Schule, hatten die anderen sie »Transuse« genannt. Aber jetzt wollte sie nicht von diesem Mann angefasst und vergewaltigt werden. Die Panik, das Adrenalin und die Reste der Caipiroskas ließen sie die Hand erheben, in der sie immer noch krampfhaft den Schlüsselbund hielt. Sie schrie nicht mehr um Hilfe, kreischte nur noch, laut und schrill, und schlug den Schlüsselbund erst auf seine Hand, dann mehrmals in sein Gesicht.

Um sich zu schützen, musste er sie loslassen. Laura entwand sich ihm. Er packte sie. Sie stieß seinen Arm weg. Wollte losrennen. Aber er hielt sie an der Kapuze fest. Riss sie zurück. Mit Schwung wirbelte sie herum. Schlug wieder zu. Seine Brille flog davon. Endlich ließ er sie los. Laura raste die Treppe hoch. Er bückte sich nach der Brille. Nahm sie. Im ersten Stock öffnete sich die Tür zum Laubengang, während er im kalten Wind der Januarnacht verschwand. Eine alte Frau rief: »Was ist denn da los?!«, aber Laura war schon an ihr vorbei.

»Der hat mich überfallen! Der hat mich überfallen!«, schrie sie und rannte, und rannte hoch in den siebten Stock, in ihre Wohnung. Keuchte. Zitterte. Weinte. Rief erst Sophia an und dann die Polizei.

Am nächsten Tag wiederholte sie ihre Aussage auf der Polizeistation Heidberg. Laura war nicht die einzige Frau, die der Mann überfallen hatte. Sie beschrieb den Täter, und als sie ihn auf den Bildern aus der Überwachungskamera der Straßenbahn erkannte, zitterte sie wieder am ganzen Körper, und die Angst stach wie ein Messer in ihren Magen.

Eine Woche später wurde er geschnappt, als er gegen zwei Uhr morgens am Rathaus auf die Linie 1 wartete. In der Vernehmung gestand er zwei Vergewaltigungen und zwei Versuche. Einer dieser Versuche war Laura. Die »tapfere Transuse«, wie Sophia und auch ihr neuer Freund, der Jannis, sie nannten, seit sie ihr durch die schwere Zeit nach dem Überfall zur Seite gestanden hatten.

Die Schlagzeile in der *Neuen Braunschweiger* vom 13. Januar 2016 lautete:

»26-Jährige überfallen. Polizei fahndet nach Sexualstraftäter«.

Die in der *Braunschweiger Zeitung* vom 18. Januar 2016:

»Sexualstraftäter Festgenommen – Mann wählte seine Opfer in der Straßenbahn aus«.

ULF BESCHLOSS, SUSIS RAT, "ENDLICH MAL WAS GANZ VERRÜCKTES ZU TUN", ZU FOLGEN.

Du hast mich tausendmal belogen: Braunschweiger Bauernfänger

Wer die Worte »Betrüger in Braunschweig« bei einer bekannten Suchmaschine eingibt, erhält gleich zu Beginn fünf Postadressen angezeigt. Die erste ist die des Rathauses der Stadt, es folgen eine Autovermietung, die Verbraucherzentrale Niedersachsen, ein Anwalt und ein Hypothekenhändler. Wer hätte gedacht, dass das Internet so ehrlich sein kann? Aber Nepper, Schlepper und Bauernfänger treiben sich auch im dritten Jahrzehnt des neuen Jahrtausends nicht ausschließlich virtuell herum, die alte Schule hat noch nicht ausgedient. So drücken sich dunkle Gestalten nach wie vor in fremden Hauseingängen herum, um nichts ahnende Bürgerinnen und Bürger um ihre Ersparnisse zu erleichtern.

Auch wenn die Masche mittlerweile Jahrzehnte auf dem Buckel hat und selbst die *Apotheken Umschau* und die *Bäckerblume* ausführlich darüber berichteten, gibt es immer noch Opfer. Die Rede ist natürlich vom sprichwörtlich gewordenen Enkel-Trick in all seinen Facetten, der auch in Braunschweig nicht an Beliebtheit einbüßt. Zwar häufen sich die Nachrichten, dass sich die Betrügerbanden ordentlich die Finger wund wählen müssen, bevor sie jemanden finden, der sich ihre mies gescripteten Geschichten zumindest anhört. Und nicht selten stellen clevere Senioren diesen selbst unter Verbrechern zum Bodensatz zählenden Schweinebacken mittlerweile feine Fallen. Aber ein Opfer ist immer noch eins zu viel.

Ein gutes Beispiel dafür ist ein 68-jähriger Rentner aus Braunschweig, der im Sommer 2021 einen Anruf erhielt. Am anderen Ende war kein falscher Enkel in Geldnöten, sondern ein falscher Polizist, der dem Mann einreden konnte, dass eine üble Fälscherbande in seiner Gegend unterwegs sei. Die Gruppe sei von der Ordnungsmacht gestellt worden, nur einem sei die Flucht gelungen. Und genau dieser Mann habe einen unstillbaren Hunger auf Edelmetalle. So ein Zufall, dachte sich der Angerufene wohl, ich hab doch mehrere Goldbarren unter meinem Bett gebunkert. Das erfreute den Polizisten, er bot an, gleich eine Kollegin zu schicken, die die Barren abholen und in Sicherheit bringen würde.

So geschah es, der Schaden war fünfstellig, über den Coup wurde bundesweit berichtet. Jedem Drehbuchschreiber, selbst denen für die Vorabendserien des linearen Fernsehens, wäre so ein Ansatz um die Ohren geflogen. Viel zu unglaubwürdig. Woher sollte der angeblich flüchtende Ganove ausgerechnet von dem Gold wissen? Hat ein Verbrecher auf der Flucht nicht andere Sorgen, als sich die Taschen mit schweren Barren vollzustopfen? Und warum zur Hölle hat ein Rentner überhaupt Goldbarren unter seinem Bett liegen? Die gehören in ein Bankschließfach oder zu Onkel Dagobert in den Geldtresor, aber doch nicht in die eigene Bude. Das weiß das Opfer mittlerweile wahrscheinlich auch, sein Schatz dürfte allerdings längst eingeschmolzen und verhökert sein.

Gefahr droht aber nicht nur von vermeintlichen Verwandten und falschen Gesetzeshütern. 2016 machte eine Bande von drei Tätern in Braunschweig Schlagzeilen, die sich als Feuerwehrleute ausgaben. Die beiden jüngeren und ein älterer Herr klingelten bei Senioren, angeblich, um die Rauchmelder zu überprüfen. In der Wohnung bat der Chef des Trios dann um ein Glas Wasser oder ein Taschentuch. Und schwupp hatten Bargeld und Schmuck den Besitzer gewechselt. In einem Fall gaben sich die drei als Mitarbeiter des Vermieters aus und erleichterten eine 93-jährige Dame um einen Armreif. Die roch den verbrannten Braten leider zu spät. Die Vermieterfeuerwehrmänner waren schon auf den nächsten Löschzug gesprungen und über alle Harzer Berge.

Es sind aber beileibe nicht nur hochbetagte Personen, die solchen Betrügern zum Opfer fallen. 2020 wurde eine 44-jährige Braunschweigerin an einem Sonntagabend von einem Mitarbeiter ihrer Bank angerufen. Als ob Bankangestellte am Sonntag arbeiten würden. Aber gut, der Mann schien sich recht geschickt anzustellen und erzählte der

Frau, über das Wochenende seien einige unbeabsichtigte Abbuchungen von ihrem Konto erfolgt. Ein Fehler der Bank, sie möge bitte entschuldigen. Um die Beträge, insgesamt mehrere tausend Euro, wieder heimzuholen, würde er die geheimen Online-Transaktionsdaten der Kundin benötigen. Reine Routine. Obwohl das Opfer misstrauisch war, rückte es die Daten heraus und sah sich kurz darauf einem deutlich schlankeren Konto gegenüber. Die Erkenntnis kam auch hier zu spät.

Mangelnde Kreativität lässt sich den Braunschweiger Bauernfängern nicht unterstellen. Sie lutschen einem sogar das Guthaben von der Prepaid-Karte des Handys. 2016 wurden mehrere Fälle bekannt, in denen selbsternannte Vorgesetzte beim Kassenpersonal von Tankstellen, Supermärkten und Kiosks anriefen, um sich die Codes von dort angebotenen Prepaid-Karten durchgeben zu lassen. Spurten die Angestellten nicht, gab es massive Drohungen und Beschimpfungen. Das schien die meisten zu überzeugen, sie lasen die Codes brav vor. Nun stellt sich natürlich die Frage, was eine Verbrecherorganisation mit Prepaid-Codes im Wert von mehreren tausend Euro anfängt? Ganz viel mit Australien telefonieren? Die Bibel Wort für Wort als SMS verschicken? Keine Ahnung, die Behörden wollten nicht verraten, wie es der Bande gelang, den Gewinn in die eigene Tasche zu stecken. Aber es klappte wohl. Leider verschwanden die Prepaid-Piraten so schnell, wie sie gekommen waren, und tauchten (zumindest in der Löwenstadt) nie wieder auf. Wer weiß, vielleicht wurden sie von der Strahlung ihrer übervollen Mobiltelefone dahingerafft?

Dagegen wirkt der ursprüngliche Enkeltrick fast schon altbacken. 2014 gab es in Braunschweigs Nachbarschaft, in Celle, gleich eine ganze Flut von Enkelanrufen. In diesem Fall waren die Zielpersonen ausschließlich russischsprachig. Ihnen wurde von junger Möchtegern-Verwandtschaft ein Verkehrsunfall vorgegaukelt, bei dem sie am Kopf verletzt worden seien und auch noch die Schuld am Crash tragen würden. Beides wäre solchem Betrügerpack zu wünschen, aber natürlich ist auch diese Geschichte komplett erfunden. Die vermeintlich verletzten Unfallverursacher gaben das Telefon dann an einen noch viel vermeintlicheren Anwalt weiter, der den verunsicherten Senioren einredete, dass ihre Brut augenblicklich in ein sibirisches Gulag ausgeflogen werden würde, wenn Oma oder Opa nicht ein paar tausend Euros locker machen. Leider funktionierte die Masche so gut, dass sich sogar das Landeskriminalamt Niedersachsen bemüßigt sah, eine warnende Pressemitteilung zu veröffentlichen. Der unterzeichnende Pressebeamte trug den Namen Schwellnus, was wie ein Fake klingt, an dieser Geschichte aber wohl die einzige Wahrheit ist.

Die Betrügerbanden, von denen es mittlerweile wohl eine ganze Menge gibt, werden leider immer professioneller. So sitzen die Täter häufig im Ausland und schicken mobile Teams in die jeweiligen Städte, um Geld, Gold und Geschmeide einzusacken. Dabei bedienen sie sich eines Tricks, der den schönen deutschen Namen »Call ID Spoofing« trägt. Denn wenn der freundliche Herr Kommissar, Staatsanwalt oder Rechtsanwalt vorgibt, aus Braunschweig zu sein, aber mit einer Telefonnummer aus dem rumänischen Hinterland auf dem Display erscheint, regt sich selbst beim gutgläubigsten Bürger ein gewisser Zweifel. Deshalb wird dieser Dienst aktiviert, der in manchen Ländern tatsächlich regulär von Telefonie-Anbietern offeriert wird. Da kann sich der Kunde dann eine Vorwahl und Rufnummer ausdenken, die beim Gegenüber angezeigt wird. Für ein paar Cent mehr wird sogar noch eine Sprachveränderung oben drauf gepackt. Damit es auch 12-jährige Nachwuchsbanditen im Stimmbruch nicht allzu schwer haben, Oma Schneider um ihre Ersparnisse zu bringen. Für eine gewisse Zeit wurden Braunschweiger Senioren gar von der 110 angerufen, einer Nummer, von der man gar nicht angerufen werden *kann*. Aber das wurde von der Polizei schnell klargestellt, in diversen Braunschweiger Wohnblocks tauchten Infozettel mit dem Hinweis auf, dass die Polizei niemals unter 110 anruft und auch kein Szenario denkbar ist, in dem sie Brillantringe an der Haustür einsammelt. Mittlerweile tauchen wieder vermehrt Fantasienummern mit Braunschweiger Vorwahl auf. Diese als Betrug zu erkennen, ist gar nicht so einfach. Denn wenn der rüstige Rentner Rudolf, wie er es bei »Aktenzeichen XY« gelernt hat, auflegt und die angezeigte Nummer zurückruft, kommt er trotzdem beim Betrüger raus. Mittlerweile funktioniert das »Call ID Spoofing« oft in beide Richtungen. Verdammter Fortschritt, verdammte Technik.

Nicht mal Corona konnte die Telefongangster stoppen. Die Gier nach fremden Wertsachen ließ sie die Gefahren eines potentiell tödlichen Virus ignorieren und weiter Klinken putzen. Um dem lügenden Pack am anderen Ende der Leitung etwas entgegenzusetzen, startete die Braunschweiger Polizei Ende 2020 die Präventionskampagne »Klüger als Betrüger«, die allein deshalb schon großartig sein muss, weil sich das Motto reimt. Die Polizei arbeitet hier mit der Nachbarschaftshilfe und dem Seniorenbüro zusammen. Einen Kurs stelle ich mir ungefähr so vor: Alle Teilnehmer bekommen am frühen Morgen einen Anruf von einem angeblichen Mitarbeiter von »Klüger als Betrüger«. Der Veranstaltungsort habe sich wegen eines Wasserschadens kurzfristig geändert, man solle stattdessen bitte zur verlassenen Tiefgarage auf dem Unigelände kommen und sicherheitshalber alle seine Wertsachen und Bargeld mitbringen. Wer trotzdem im vorher abgesprochenen Raum der Volkshochschule erscheint und nicht mehr als 20 Euro in der Tasche hat, hat den ersten Test bestanden. Die Teilnehmer werden jetzt in Gruppen aufgeteilt, in Sportklamotten gesteckt und erst mal eine Stunde um den Block gejagt. Ein gesunder Geist in einem gesunden Körper und so. Danach müssen die potentiellen Opfer telefonieren. Brüllbewährte Ausbilder der Bundeswehr versuchen nun zwei Stunden lang ununterbrochen, den Probanden am anderen Ende der Leitung Angst zu machen. »Ihr Haus brennt!«, »Wir haben Ihren Hund in unserer Gewalt!«, »Ihre Familie wurde von polynesischen Kannibalen entführt!«, die ganze Palette halt. Die Teilnehmer dürfen weder fragen, wie sie dieses Malheur beheben könnten, noch herumjammern oder mit der Augenbraue zucken. Vielmehr haben sie so lange die richtigen Antworten zu geben, bis der Betrüger am anderen Ende entnervt aufgibt. Positiv bewertete Entgegnungen lauten zum Beispiel »Ich hab mein Haus selbst angezündet,

Gas ist mir zu teuer«, »Für meinen Dackel habe ich seit fünf Jahren keine Hundesteuer gezahlt, das ist jetzt Ihr Problem« oder »Den Walter würde ich länger im Topf lassen, der muss gut durch«. Nach einer weiteren Joggingrunde folgt die Abschlussbesprechung, bei der noch einmal darauf hingewiesen wird, dass Telefone wie alle technischen Geräte einen Schalter beziehungsweise Stecker haben, der gedrückt oder gezogen werden kann. Das Bedrohungspotenzial des Apparats ist damit auf wundersame Weise auf null reduziert.

Anschließend kommt der gemütliche Teil der Veranstaltung: es wird Pizza bestellt. Natürlich telefonisch. Hier können die Teilnehmer gleich zeigen, was sie gelernt haben, denn die Chance, am anderen Ende auf eine zwielichtige Person zu treffen, ist durchaus gegeben. Sie notiert den falschen Belag, der Kollege kommt zwei Stunden später als angekündigt, wird bei Nachfragen am Telefon pampig und behauptet irgendwann, dass die Bestellung nie eingegangen sei, obwohl die Kohle via PayPal längst eingezogen wurde. Wohl dem, der einen solchen Kurs besucht hat und weiß: Der Feind hockt immer nur einen Mobilfunkmasten entfernt.

ULLA WAR IN LIEBESDINGEN SEHR PRAGMATISCH.

Anno ’98

Ob ich mich noch an ’98 erinnere? Aber sicher! Wie könnte man solch ein Jahr vergessen? Die Revolverhelden und ihre blutige Ernte? Alle paar Monate gab es Blaue Bohnen, und das war damals, selbst für eine Stadt hier im Westen, ungewöhnlich. Ich meine, dass dieses Jahr zu einem der blutigsten in Brunswick City wurde, lag vielleicht daran, weil der Sheriff einen Pastor des Countys wegen Totschlags festgenommen hatte. Im Jahr zuvor fand man die Leiche seiner Ehefrau irgendwo draußen vor der Stadt; zwischen Maisfeldern, Bäumen und Viehweiden; mit zertrümmertem Gesicht und eingeschlagenem Schädel.

Na, jedenfalls war ich damals in meinen besten Jahren und habe als Reporter bei der *new brunswick* gearbeitet, einer Gazette, die zwei Mal die Woche erschien. Mehrere Verhandlungstage hatte ich im Gerichtssaal gesessen und über den spektakulären Fall berichtet, denn der Pastor weigerte sich vehement, die Tötung zu gestehen, auch wenn seine Aussagen immer wieder als Lügen entlarvt wurden, und Indizien wie Ehebruch, Ameisen und Maden gegen ihn sprachen. Schließlich wurde er Mitte April '98 zu acht Jahren Knast verurteilt. Zu dem Zeitpunkt konnte niemand wissen, dass das nur der Auftakt zu einem wahren Blutjahr hier in Brunswick City war.

Die Sheriffs behaupteten später, einige der Taten wären durch das geplante Brimborium ausgelöst worden, das im Jahr 2000 drüben in Hannover für Kaufleute und Fabrikanten aus der ganzen Welt stattfinden sollte. Das hatte eine Menge Cowboys und Outlaws angezogen, weil es so sehr nach Dollars stank. Verdammt vielen Dollars. Von überallher kamen sie, wie die Schmeißfliegen. Aber das allein war es nicht. Es war einfach ein merkwürdiges Jahr, vielleicht standen die Sterne ungünstig, oder es lag tatsächlich an der Verfehlung des Gottesmannes, was weiß ich. Denn Anfang Mai, nur drei Wochen nach seiner Verurteilung, wurde im Norden der Stadt eine weitere tote Frau gefunden. Erschlagen in ihrer eigenen Wohnung. Bis ihre Leiche entdeckt wurde, dauerte es zwar länger als bei der Frau des Pastors, aber dafür wurde der Täter schneller gefasst. Mehrere Tage lang hatte sie in ihrem Blut in der Wohnung gelegen, und der Doc konnte nicht sofort sagen, woran sie gestorben war, so mitgenommen hatte sie ausgesehen. Es war ihr Verflossener, der sie gefunden und die Sheriffs geholt hatte. Und wie er später zugab, war er es auch, der sie erschlagen hatte. Wahrscheinlich im Streit. Dieser Mord war der erste in dem Blutjahr.

Im Juli '98 ging die Ballerei dann richtig los, und die Kugeln flogen nur so durch die Gegend. Elefterios, ein zwielichtiger Restaurantbesitzer, der drüben in Wolfenbüttel wohnte, wurde erschossen, als er in der kleinen, unscheinbaren Kutsche seiner Frau auf dem Weg nach Brunswick war. Auf der Tangente, am helllichten Tag und bei voller Fahrt. Mehrere Schüsse aus einem Revolver Kaliber 38 machten ihm den Garaus und beendeten einen Zwist, den er mit Banditen aus Hamburg geführt hatte. Es ging um ein von der Bande angemietetes Bordell, das *Maison d'Amour*, mit dem man sich wegen des zu erwartenden Ansturms von Kaufleuten und Fabrikanten viel Zaster versprach. In diesem *Haus der Liebe* sollten aber nur Hamburger Dirnen arbeiten, und das gefiel den hiesigen Damen gar nicht. Speziell denen, die für Elefterios im Saloon kokett den Cancan tanzten oder auf laszive Art und Weise Geld für ihn ranschafften. Wie die Furien fielen sie über das *Maison* her und nahmen den Laden auseinander.

Als Entschädigung wollten die Hamburger Luden hundert Riesen von dem Wolfenbütteler. Der wollte nicht zahlen. Auch nicht, als ein paar Stangen Dynamit vor seinem Restaurant explodierten. Also heuerten sie drei Cowboys an, die ihm angeblich bloß Angst einjagen sollten. Aber sie schossen weit über das Ziel hinaus und Elefterios tot.

Ein Jahr nach dem Prozess gegen den Gottesmann saß ich also wieder im Gerichtssaal. Wie Bluthunde hatten die Sheriffs und Marshals die Bande, die den Mann voll Blei gepumpt hatte, über mehrere Staatsgrenzen hinweg verfolgt, eingefangen, und alle bekamen ihre gerechte Strafe.

Aber bleiben wir im Jahr '98. Die Gemüter in der Stadt hatten sich gerade etwas beruhigt, als nur einen Monat später schon wieder Schüsse durch die Nacht hallten. Dieses Mal traf es eine Frau, Zofia S., die zusammen mit ihrem Mann ein zweifelhaftes Kontor unten am Hafen betrieb. Obwohl, das ist falsch, es war nur ein Schuss, und der hallte auch nicht, denn die Mörder hatten die Kanone mit einem Schalldämpfer versehen.

Während ihr Mann im Haus mit einem Geschäftsfreund sprach, saß die Frau auf der Veranda. Wahrscheinlich hatten sich die beiden Pistoleros, feige wie sie waren, von hinten an sie herangeschlichen und der Mutter zweier Kinder dann direkt in den Kopf geschossen. Mann und Geschäftsfreund hörten etwas, eilten nach draußen, aber die Killer waren schon auf und davon.

Gleich am nächsten Tag ging ich in das Büro des Sheriffs. Er erzählte mir – aber ich sollte es noch nicht in einem Artikel erwähnen, wenn ich keinen Ärger wollte –, dass man das Kontor schon länger im Visier gehabt hatte, weil man das Ehepaar des Tabakschmuggels verdächtigte. Wahrscheinlich habe es mit Gangstern auf der anderen Seite der Grenze zusammengearbeitet, und vielleicht sei es mit denen zu einem Streit gekommen. Der alte Fuchs hatte eine Überwachungskamera in der Nähe des Hauses installieren lassen, und die hatte die Täter aufgenommen.

Erst zwei Tage später verfasste ich einen Artikel zu der Sache. Der Sheriff ließ einen Steckbrief drucken, der auch jenseits der Grenze verteilt wurde. Als dann noch die Jungs von »Aktenzeichen XY … ungelöst« landauf und landab darüber berichteten, trudelten die ersten Hinweise ein. Der Sheriff musste Deputies einstellen, um sie abarbeiten zu können, weil der Fall mit den Luden ja auch noch aufgeklärt werden musste.

Später erkannte jemand drüben in Polen tatsächlich einen der Täter. Der Revolverheld wurde geschnappt und verriet nicht nur seinen Kumpan. 15.000 Mark hatte jeder für den Mord bekommen, und sie plauderten sogar aus, von wem! Die ganze Tabakschmugglerbande wurde hochgenommen und insgesamt 16 Outlaws verhaftet, die Auftraggeber und der Killer zu lebenslanger Haft verurteilt. Da sage noch einer, es gäbe keine Gerechtigkeit!

Alle dachten, dass die Schießereien endlich ein Ende hätten, aber schon drei Monate später kam es zur nächsten Bluttat. Ich saß mal wieder im Gerichtssaal, nicht, weil es dort um einen weiteren spektakulären Fall ging. Ich saß gelangweilt in der hintersten Reihe, um die Zeit totzuschlagen, denn das Interview, welches ich mit einem Staatsanwalt führen wollte, hatte verschoben werden müssen. Vorne wurde eine Scheidung verhandelt, die Schneiderin Ötztürk gegen den Frührentner Ötztürk, und es war der Tag der Urteilsverkündung. Nach einer Weile hörte ich dann aber doch den Ausführungen der Anwälte zu. Die Frau war von ihrem Ehemann über Jahre hinweg misshandelt und vergewaltigt worden, was der Frührentner natürlich bestritt, aber mehrere Aufenthalte in einem Frauenhaus stützten ihre Aussage. Die Frau führte außerdem Ehebruch an, Erbschleicherei und versuchten Giftmord, leider alles ohne Beweise. Vor allem aber ging es um das Sorgerecht für die beiden letztgeborenen Kinder, die zwei Erstgeborenen waren bereits erwachsen. Die Aussagen wurden hitzig vorgetragen, ein Wort gab das andere, es wurde geschrien und geweint und sich gegenseitig der Lüge bezichtigt. Schließlich sprach der Richter die Scheidung aus und der Frau das Sorgerecht zu. Befreite den Mann allerdings von den Unterhaltszahlungen, weil bei dem eh nichts zu holen war.

Das ehemalige Ehepaar verließ den Gerichtssaal, er mit einem süffisanten, überheblichen Grinsen, sie mit einem vor Wut verzerrten Gesicht. Ich schlenderte der Gesellschaft hinterher. Die Frau schrie immer wieder »Du Schwein!«, und – ob Sie es glauben oder nicht – draußen auf dem Gang zog die kleine Lady plötzlich ein Schießeisen! Sieben Mal feuerte sie auf ihn und ich dachte, mir platzen die Trommelfelle, so laut hallten die Schüsse durch den Flur. Menschen rannten schreiend davon. Alles war voller Blut, aber wie durch ein Wunder wurde niemand sonst verletzt. Nur ihr Ex-Mann, der war mausetot, denn alle sieben Kugeln hatten ihn getroffen. Keine Ahnung, wo die die Knarre herhatte.

In dem Prozess gegen die Pistolera saß ich nicht mehr gelangweilt da, sondern hörte von Anfang an aufmerksam zu. Sechseinhalb Jahre bekam sie für den Mord, den vierten und zum Glück letzten in jenem Blutjahr anno '98.

Notiz: Der Pastor wurde am 16. April 1998 wegen des Mordes an seiner Ehefrau verurteilt, den er ein Jahr zuvor begangen hatte. Die Frau im Norden der Stadt wurde Anfang Mai 1998 erschlagen. Der Bordell- und Restaurantbesitzer ist am 22. Juli erschossen worden, die Frau im Industriegebiet am 24. August Der Mord im Gericht von Braunschweig geschah am 17. November 1998.

Das Opfer hat in der Porno-Industrie gearbeitet!

Sex and the City: Die legendäre Bruchstraße

Wir schreiben das Jahr 1594. Die Reformation ist gerade über das ganze Land gezogen und scheint siegreich. Aber der Dreißigjährige Krieg, der die Verhältnisse einmal mehr neu ordnen und ganze Landstriche vernichten wird, steht vor der Tür. Die Stadt Braunschweig liegt zu dieser Zeit im Clinch mit ihrem Landesvater Heinrich Julius, Herzog zu Lüneburg und Braunschweig und Fürst von Braunschweig-Wolfenbüttel. Heinrich Julius ist ein Gottesmann, jobbt nebenbei als Bischof von Halberstadt, wettert gegen Laster jeglicher Art und neigt zum Zündeln. Unter seiner Ägide werden auf dem Lechlumer Holz zwischen Braunschweig und Wolfenbüttel unzählige Hexen, Zauberer, Ketzer und ganz gewöhnliche Verbrecher verbrannt.

In diesen unsicheren Zeiten streift ein Tagedieb, nennen wir ihn Heinz-Heinrich, durch die Stadt. Er hat in den letzten Tagen zwei Edelhühner und ein halbes Fuder Wein samt Wagen gestohlen und weiterverkauft. Aber der Gutsherr, den er um seinen Besitz gebracht hat, ist ihm mit seinen Mannen dicht auf den Fersen. Heinz-Heinrich drückt sich in der Echternstraße um ein paar Häuserecken und rennt schließlich los. Sein Ziel ist eine der drei Brücken, die in eine relativ neu errichtete Siedlung führen. Trotz gut gefüllter Taschen, vom Verkauf seiner Beute, erreicht er die Brücke vor seinen Häschern, flitzt über die genagelten Holzbretter und verschwindet in den verwinkelten Gassen des Bruchs. Aufmerksames Lesevolk wird an dieser Stelle aufhorchen, denn dort, wo sich unser Heinz-Heinrich vor über 400 Jahren versteckte, befindet sich auch heute noch die Bruchstraße mitsamt ihren Etablissements. Bis weit ins Mittelalter war Prostitution in Braunschweig erlaubt, das aus dieser Zeit bekannteste Bordell war das *Rote Kloster* an der Stadtmauer Ecke Echternstraße, wo außer den Frauen auch der Henker lebte, der quasi nebenbei ein Auge auf die Kundschaft hatte und für die Sicherheit der Prostituierten sorgte. Wer legt sich schon mit einem professionellen Henker an? Nachdem der freie Verkauf von Sex aus unbekannten Gründen untersagt wurde, zog sich das Gewerbe wohl ins Private zurück, bis man ein von Okerarmen umschlossenes, karges Sumpfland aufschüttete und zu Bauland machte. Hier entstand ein Viertel, das von Anfang an keiner Planung folgte und aussah wie eine Ecke in der fiktiven englischen Stadt Cokeworth, in der ein gewisser Severus Snape aufwuchs. Dass aus dem ein Zauberer mit fragwürdigem Ruf wurde, ist allen Fans von Harry Potter bekannt. Und so trieben sich auch in der Braunschweiger Siedlung halbseidene Gestalten, Ganoven, Schläger, Säufer und Prostituierte herum. Den Aufzeichnungen einiger Heimatforscher zufolge war das Viertel so verschachtelt, dass hier nicht mal illegal eröffnete Wirtshäuser auffielen. Die Staatsmacht hielt sich von dem stinkenden Gassen-Gewirr lieber fern. Das sieht heute etwas anders aus.

Die Bomber des Zweiten Weltkriegs und der Zahn der Zeit haben noch exakt 33 bunte Fachwerkbuden mit den typischen Koberfenstern in der Bruchstraße stehen gelassen. Wer tagsüber einen Blick in die mit Kopfstein gepflasterte krumme Gasse wirft, könnte den Eindruck gewinnen, es würde reger Betrieb herrschen. Das täuscht, denn die vielen Spaziergänger in diesem Bereich sind entweder zivile Polizisten auf der Suche nach ein paar Krümeln Gras oder Sozialarbeiter. Bei grellem Tageslicht trauen sich nur wenige Freier auf die so genannte »Gurke«, erst recht nicht mehr, seitdem ein bekannter deutscher Konzern am benachbarten Friedrich-Wilhelm-Platz ein Hochhaus errichtet hat, von dem aus ab dem dritten Stock freie Sicht auf die Bruchstraße herrscht. »Ach guck, der verklemmte Nachbar Meier führt mal wieder seine Perversionen Gassi.« Solche und ähnliche Sprüche werden möglicherweise hinter den verspiegelten Bürofenstern geflüstert, während der Feldstecher herumgereicht wird. Das wirkt sich nachträglich auf die Libido eines jeden Bruchstraßenbesuchers aus. Es sei denn, es ist einem eh alles egal.

Nach Sonnenuntergang, und das wird vor 400 Jahren nicht anders gewesen sein, sieht das Bild jedoch ein wenig anders aus. Zwar quillt die sündige Meile der Löwenstadt auch zu dieser Zeit nicht gerade von begattungswilligem Mannsvolk über, aber es ist schon deutlich mehr los. Und damit steigt natürlich die Zahl der Verbrechen, wobei sich manche eher putzig ausnehmen. So wurden 2018 zwei Jungen in der für Minderjährige verbotenen Zone aufgegriffen. Die zehn und zwölf Jahre alten Bengel wollten aber mitnichten klären, wie sich das nun mit den Bienen und Blumen verhält. Nein, 2018 war der große Hype um das interaktive Computerspiel »Pokémon Go« noch in vollem Gange. Wie erinnern uns: Horden von Kindern und im Kopf sehr junggebliebenen Erwachsenen mit viel Freizeit stolperten plötzlich mit Handys oder Tablets bewaffnet durch die Parks, Innenstädte und Hauptverkehrsadern, um irgendwelche mittelmäßig animierten Viecher zu fangen oder Eier auszubrüten. Das ging so weit, dass manche Städte das Spiel verbannten, weil die Wahnsinnigen in ihrem virtuellen Dauerorgasmus vor Busse, Autos und Straßenbahnen liefen. In Braunschweig waren diese Gestalten ebenfalls zu beobachten, und die beiden Zwerge gehörten dazu. Ihre Handys führten sie auf dem Weg zu digitalem Ruhm zufällig über die Bruchstraße. Vermutlich starrten sie die ganze Zeit auf ihre Displays und bekamen von den zur Schau gestellten Reizen um sie herum gar nichts mit. Der Polizei fielen die beiden Besucher trotzdem auf. Die beiden Lausbuben mit Pokémon-Fetisch erhielten eine mündliche Ermahnung und wurden bei ihren Eltern abgeliefert. Mal gut, dass keiner der beiden zufällig in seinen Vater gestolpert ist.

Im Jahr 2019 stellte sich ein 30-jähriger Gauner besonders geschickt an. Der Mann hatte ein paar Mobiltelefone eines bekannten und nicht gerade günstigen Anbieters bei sich, die sich bei gar nicht mal so genauer Betrachtung als billige Plagiate herausstellten. Wo könnte man solche Ware wohl am besten anbieten? In den dunklen Ecken eines nicht übermäßig gut besuchten Parks? Vor den Toren einer Schule mit extrem schlechten Notendurchschnitt? Unter einer Tarnadresse im Internet? Nein, wir stellen uns einfach mal um die Mittagszeit mitten auf die Bruchstraße und trompeten heraus, dass es nur hier und heute hochwertige Handys zum Spottpreis zu erwerben gibt. Der Garantiezettel ist allerdings verloren gegangen. Es dauerte nur wenige Minuten, bis ein paar Staatsangestellte in an ihren an Marineunteroffiziere erinnernde Uniformen die Ware in Augenschein und den Profiverkäufer mit auf die Wache nahmen. Da wartete schon einer seiner nicht ganz zufriedenen Kunden, dem auf dem Nachhauseweg die Fälschung aufgefallen war. Gegen den Topverkäufer, demnächst wahrscheinlich auf irgendeinem Homeshopping-Kanal zu sehen, wurden Ermittlungen wegen Warenbetrugs eingeleitet.

Nur unwesentlich cleverer war ein Teenager, der im Jahr 2017 auf der Bruchstraße angetroffen wurde. Der hatte die Polizei allerdings selbst gerufen. Denn der junge Mann, zarte 14 Jahre alt, war unzufrieden mit der Leistung seiner gebuchten Dame, die mit ihren 53 Lenzen locker seine Großmutter hätte sein können. Also forderte der grünohrige Freier sein Geld zurück, was Mutti aber nicht rausrücken wollte. Ein klarer Fall für die Polizei. Die erfuhr vor Ort, dass es sich um die unglaubliche Summe von 20 Euro handelte, was die Frage aufwirft, was man bei einer Sexarbeiterin für 20 Euro bekommt. Einen versauten Witz erzählt? Geschenkt, bei der unausweichlichen Passkontrolle kam das wahre Alter des Kunden heraus, der von den Beamten umgehend zur nächsten Bushaltestelle gebracht wurde. Die dralle Dirne wurde nicht belangt, weil sich das Früchtchen als volljährig ausgegeben hatte. Und das angeblich zu Unrecht gezahlte Vermögen von 20 Euro? Das erhielt der brunftige Bengel erst mal nicht zurück, es besteht allerdings die Möglichkeit, die Summe auf zivilrechtlichem Weg einzuklagen. Vielleicht ist sein Vater ja Rechtsanwalt, der wird sich freuen.

Alle diese Helden der käuflichen Liebe sind allerdings nichts gegen diesen einen jungen Mann, der vor einigen Jahren zu einer Legende der Bruchstraße wurde. Noch heute erzählt man sich Geschichten über ihn. Und auch wenn niemand genau weiß, wo er abgeblieben ist, was er heute macht und ob er überhaupt noch lebt, muss seine Odyssee an dieser Stelle erzählt werden. Denn nach einem feuchtfröhlichen Besuch im Stadion der Braunschweiger Eintracht (verdammter Pleonasmus) wackelte besagter Geselle noch den silbernen Toren der Bruchstraße entgegen, um nach dem verdienten Heimsieg eine Runde »Lurch versenken« dranzuhängen. Es dauerte nicht lange, bis er eine Dame namens Simone erwählt hatte und mit dieser in ihrer Kammer der Lüste verschwunden war. Nun ist allgemein bekannt, dass sich übermäßiger Alkoholgenuss auf die Leistungsfähigkeit in der Lendengegend auswirkt, aber das hatte unser Protagonist, wie so vieles an diesem Nachmittag, vergessen.

Er mühte sich redlich, gab vermutlich allerlei seltsame Geräusche von sich und kam im Schweiße seines Angesichts endlich zum Ziel. Leider viel zu spät, weshalb Simone einen Aufschlag berechnen musste. Das schöne Bargeld lag aber natürlich seit Stunden in den Kassen der Stadion-Zapfer, was zu einem peinlichen Moment des Schweigens zwischen den beiden Akteuren führte. Irgendwann fiel unserem Meisterturner ein, dass er ja noch eine EC-Karte besitzt. Bei der Dame stand aber kein Kartenlesegerät auf dem Nachttisch, also musste improvisiert werden. Mit äußerster Konzentration erinnerte sich der Eintracht-Fan an seine Geheimnummer, drückte seiner Kurzzeit-Auserwählten diese und die Karte in die Hand. Sie möge den Betrag am Automaten gegenüber abheben, sich selbst noch nen Zehner nehmen und ihm die Karte wieder mitbringen. Bis dahin sei er auch wieder in seine Jeans geschlüpft, das würde etwas dauern, der Suff und so. Unser Held schaffte es, mit beiden Beinen in die richtigen Öffnungen seiner Bekleidung zu steigen, er fand sogar sein T-Shirt wieder und richtete sich schließlich die Haare. Aber seine Sexpartnerin samt Karte tauchte, Überraschung, nicht wieder auf. Als er diese Tatsache endlich begriffen hatte, war es zu spät. Sein Wutanfall rief den Zuhälter auf den Plan, der unserem Betrugsopfer seelenruhig erklärte, dass hier noch nie eine Simone gearbeitet hätte und er jetzt bitte gehen möge. In seiner Verzweiflung und mit immer noch drei Promille plus auf dem Kessel enterte unser Held die Polizeiwache in der Münzstraße und erzählte dort seine Geschichte. Die Beamten brachen in schallendes Gelächter aus, rieten ihm zu einer Kontosperrung und entließen ihn in die Freiheit. Am Ende schaute unser Hauptdarsteller zwar befriedigt, aber ziemlich belämmert in die Bratröhre (im übertragenen Sinne) und zahlte 1.300 Euro für eine Nummer, an die er sich nicht mal mehr erinnern kann. In jeder Hinsicht: ein Tag für die Annalen.

Der Alptraum-Traum

Heute

Herbert Wolter schaltete den Fernseher ab, schlug die Decke beiseite, arbeitete sich stöhnend vom Sofa herunter, verließ das Wohnzimmer und schlurfte durch den kleinen Flur ins Bad. Nahm die Zahnprothese heraus, putzte sich konzentriert die noch verbliebenen echten Zähne. Trank danach ein paar Schluck Wasser aus der hohlen Hand, wobei er darauf achtete, sich nicht zu tief zum Wasserhahn runter zu beugen, denn es war schon passiert, dass ihm bei dieser Gelegenheit eine Hexe einen Schuss in den Rücken verpasste. Dann schaute er in den Spiegel, fuhr sich durch die paar dünnen grauen Haare, die ihm noch geblieben waren. Im Alter wurden nicht nur die Haare immer weniger, auch die Familie, die Freunde und die glücklichen Momente.

Aber wenn er mit seinem Enkel im Stadion saß und der Eintracht zuschaute, dann fühlte er sich gut. Wenn sie danach eine Currywurst aßen, sein Enkel Freunde traf und Herbert die zwei Bier, die er wegen seiner Leber nur noch trinken durfte, genossen hatte, war er glücklich. Ein alter Mensch braucht wirklich nicht mehr viel, dachte er, als er ins Schlafzimmer schlurfte. Ruhe und Frieden, ein bisschen Gesundheit und genug zu essen.

Herr Wolter legte sich in das Bett, zog die Decke bis zu den Ohren, schloss die Augen, und bevor er einschlief, sah er das blau-gelbe Fahnenmeer vor sich, den grünen Rasen, die Spieler, die sich darauf verteilt hatten. Sah die Angriffe, das perfekte Zuspiel und zack, war das Runde im Eckigen! Die Fans jubelten, denn es ging unaufhaltsam in Richtung Aufstieg ... 1. Liga ... Deutscher Meister ... 1967 ... da hatte er seine Petra kennengelernt ...

Der alte Mann schlief ein, begann regelmäßig und tief zu atmen. Durchschritt blind und ohne Erinnerung das dunkle Tal der Nacht, in dem sich nur ab und zu einige wirre Bildfetzen zeigten, bis am frühen Morgen ein furchtbares Krachen in seinem Kopf ertönte. Glas splitterte. Da war er wohl mit seinem Auto voll Karacho gegen eine Wand gefahren. Aber sofort war jemand da, der half, der brüllte: »Los! Raus! Raus da!«, und ihn aus dem Auto zog. Aber das tat weh! Wahrscheinlich hatte er sich verletzt und ...

Herbert schlug die Augen auf. Sah einen Mann, der an ihm zerrte und dessen Gesicht er nicht erkennen konnte, denn der Kerl trug eine schwarze Sturmhaube. Der Einbrecher hatte seine Arme gepackt. Und dann sah er einen zweiten Maskierten, der mit einer Pistole auf ihn zielte. Beide in schwarzen Klamotten. Er wurde aus dem Bett gerissen und auf den Fußboden geworfen. »Hinlegen! Schnauze halten!«, brüllten sie ihn an.

»Was ist ...? Was wollt ihr!?«, rief er, aber etwas Schweres bohrte sich in seinen Rücken. Ein Knie. Die Arme wurden ihm nach hinten gedreht, und einer der Täter begann ihn zu fesseln. »Hilfe! Polizei! Polizei ...«, stöhnte Herr Wolter noch, dann verstummte er und ergab sich seinem Schicksal, denn nach der Herz-OP im letzten Jahr war er nicht mehr so agil wie früher.

Sechs Monate zuvor

Zum Glück hatte er seine Wumme heute zuhause gelassen, aber leider den türkischen Pass dabei und nicht den syrischen. Wahrscheinlich hatten die das Haus, in dem der Dealer wohnte, observiert und waren ihm dann gefolgt. Bis unter die Arkaden am Bohlweg, wo er gerade anfangen wollte, das Hasch, das Koks und ein paar Ecstasy-Pillen unter die Leute zu bringen. Aber ganz zufällig wurde er vorher von zwei Zivilbullen kontrolliert.

Es war nicht das erste Mal, dass er kontrolliert wurde, seit er in Deutschland war. Er beschloss, sich dieses Mal kooperativ zu zeigen, ging widerstandslos und ohne die Beamten als Nazis zu beschimpfen mit auf das Revier. Beantwortete ihre Fragen in einem gebrochenen Turk-Denglisch, aber er verstand mehr, als er die Polizisten, sogar eine Frau war dabei, wissen ließ.

Nach ein paar Stunden wurde er wieder entlassen und ging rüber zur Friedrich-Wilhelm-Straße, um Freunde zu treffen und mit ihnen über die Sache zu reden, sie zu warnen, Attention: der Dealer ist heiß! Und eigentlich hätte der mehr als eine Tracht Prügel verdient, und er sollte mal *mit* der Wumme zu ihm gehen. Wie damals, in Istanbul, zu seiner verdammten Ex. Die anderen versuchten ihn zu beruhigen: »Abi, vielleicht weiß der gar nicht, dass er beobachtet wird. Außerdem hast du dafür keinen Beweis. Vielleicht war das ein Zufall.«

Trotzdem war er sauer. Jetzt hatten die Bullen seine Fingerabdrücke. Die letzten Wohnungseinbrüche waren miserabel gelaufen und hatten kaum Bargeld eingebracht. Nur einen Haufen Schmuck hatte er erbeutet, konnte den momentan aber nicht zu Geld machen, weil sein Hehler im Knast saß. Das Amt zahlte ihm Miete, Heizung und ein Taschengeld, klar, aber für die Nächte im »Scheherazade« reichte das nicht. Deshalb das Ding mit den Drogen.

Als er zurück in seiner Wohnung war, schaute er immer wieder aus dem Fenster auf die Straße, hinter der ein mächtiger, mit Bäumen und dichten Büschen bewachsener Bahndamm aufragte. Auch am nächsten Tag und am übernächsten war er vorsichtig. Aber er konnte keine Anzeichen dafür entdecken, dass er beobachtet wurde. Anscheinend hatten die Bullen in Istanbul Interpol nicht eingeschaltet.

Erst eine Woche später fiel ihm ein schwarzer Opel Astra auf, der im Schritttempo die Borsigstraße hinunterrollte. Am frühen Abend dann sah er ihn an der Ecke Henschelstraße stehen, als er zum Supermarkt ging. Zwei Typen saßen darin und guckten nicht auf ihre Handys, sondern blöde in der Gegend herum.

Am nächsten Abend sah er durch den Spalt des Plissees ein Mann und eine Frau die Straße heraufkommen. Irgendwie passten die nicht ins Viertel, und dann bogen sie auch schon vom Fußweg ab, kamen direkt auf den Hauseingang zu und klingelten bei ihm.

Er rührte sich nicht. Aber irgendwer ließ sie ins Haus. Schritte im Flur. Wieder schrillte die Klingel. Er presste den Rücken an die Wand. Mit geschlossenen Augen hörte er, wie sie den türkischen Namen riefen, den er sich gegeben hatte, und dann gegen die Tür bollerten. Schließlich gaben sie auf, die wollten ihn wohl noch nicht verhaften. Vielleicht wussten sie noch nicht alles über die Sache in Istanbul. Zum Glück mussten die Behörden hierzulande immer alles erst langwierig überprüfen, bis sie aktiv werden durften.

Er schaltete das Handy ab, tigerte nervös durch die fast leere Wohnung. Ließen die ihn doch international suchen. Nie hätte er gedacht, dass die Türken wegen einer Frau so einen Wind machen würden. Er musste weg, sofort! Hastig packte er ein paar Sachen ein, ließ das Licht brennen, verließ eilig die Wohnung, und ab durch den Keller.

»Ihr kriegt mich nicht«, dachte er verbissen, als er über die Rasenfläche hinter dem Haus huschte und zwischen den nächsten Blöcken verschwand. Zügig ging er durch das Viertel, an den Kleingärten vorbei, überquerte die Autobahn, ging am Golfplatz entlang bis in das nächste Wohngebiet. Stieg dort in einen Stadtbus, der ihn zum Busterminal brachte. Braunschweig ade, dachte er, als der Flixbus auf die

Autobahn fuhr. Und dann fiel ihm siedend heiß ein, dass er den Schmuck hinter der Badewannenverkleidung vergessen hatte. Merde!

Heute

Herbert Wolter lag im Schlafanzug und mit gefesselten Händen auf dem Bauch am Boden und atmete schwer. Was wollten die? Er hatte doch nichts. Keinen Safe. Keinen Schmuck. Kein Bargeld, nur vielleicht noch 150 Euro in der Haushaltskasse. »Ich ... ich habe Geld. In einer Schublade in der Küche. Bitte, tun Sie mir nichts ...«, stammelte er, während einer der Einbrecher weiterhin das Knie in seinen Rücken bohrte. Sein Herz raste und das sollte es eigentlich nicht.

»Ruhe. Bleiben Sie ruhig, dann passiert Ihnen nichts«, knurrte der Mann, der ihn am Boden hielt, als die Matratze, auf der Herbert gerade noch gelegen hatte, durch die Luft flog und neben dem Bett landete.

Immerhin hatten sie ihn noch nicht zusammengeschlagen, geknebelt, getreten. Sein Blutdruck war wahrscheinlich auf über zweihundert. Herbert hoffte, dass seine Herzklappe dem Stress standhalten und nicht wieder schlappmachen würde. Dann hörte er eine Frau brüllen: »Hier ist nichts! Hier ist gar nichts, verdammt noch mal!«

»Küche gesichert! Null!«, »Bad gesichert! Null!«, drangen weitere Stimmen aus dem Flur zu ihm ins Schlafzimmer. Der Druck in seinem Rücken ließ nach. »Schlafzimmer gesichert! Einer!«, brüllte der Mann und fügte hinzu: »Der Opa sieht mir aber nicht aus wie ein 32-jähriger Araber, der in Istanbul eine Frau erschossen hat.«

Dann hörte Herbert wieder die Frauenstimme, näher diesmal, direkt im Zimmer: »Na prima, da haben die Damen und Herren von der Kripo ja wieder ganze Arbeit geleistet. Von wegen, der Verdächtige ist wieder da!«

»Sei doch froh, dass es nur der Opa war, und nicht die Zielperson«, sagte jemand. *Akute Gefahrenlage! Schusswaffengebrauch möglich!* hieß es im Einsatzbefehl.

»Nun lassen Sie endlich den Mann los«, befahl die Frau.

Der schwarzgekleidete SEKler nahm Herbert die Handschellen ab, half ihm hoch und setzte ihn auf den Stuhl, über dem seine Tageskleidung hing.

»Wie heißen Sie?«, fragte die vermummte, ebenfalls ganz in Schwarz gekleidete Frau, die in der Schlafzimmertür stand und ihre Waffe in das Holster rammte.

»Herbert Wolter.«

»Also, ich denke mal, dass es sich hier um eine Verwechslung handelt, Herr Wolter. Sie wohnen hier noch nicht lange, oder?«

»Drei Wochen«, sagte Herbert und merkte, wie sein Herzschlag sich wieder beruhigte.

Die Frau wandte sich an ihre Kollegen: »Sag ich doch. Wahrscheinlich haben die Zivilen immer mal wieder nachgesehen, ob der Gesuchte zurückgekehrt ist. Haben Aktivität festgestellt und …«

»Na, nichts für ungut Herr Wolter«, sagte der Vermummte, der auf ihm gehockt hatte, und blickte ihm ins Gesicht. »Sollen wir einen Krankenwagen rufen?«

»Nein, nein«, sagte Herbert. »Geht schon.«

»Die Kollegen von der Kripo sind gleich da. Die werden Ihnen das dann alles erklären«, sagte die Frau, als die SEKler aus dem Zimmer gingen und einen alten Mann zurückließen, der schweißgebadet und zitternd auf einem Stuhl saß, als sei er aus einem Alptraum erwacht.

Diese Begebenheit widerfuhr dem Ex-Schwiegervater meines Bruders im Herbst 2021. Die Figur des Abi habe ich aus dramaturgischen Gründen hinzugedichtet. Bis heute hat der alte Mann von den Behörden keine Entschuldigung erhalten.

Sie sollten sich freuen, wenn Frauen in eine Männerdomäne eindringen.

The Road to Hell: Unterwegs auf Braunschweigs Straßen

Das Schöne an der Kindheit ist, dass man ganz genau weiß, welcher Beruf später für einen infrage kommt. Zwar ändert sich das alle paar Tage, aber das macht nichts. Für eine kurze Zeitspanne ist klar: Ich werde Lokomotivführer. Und dann Astronaut. Dann vielleicht Kaufmann, Koch oder Konditormeister. Oder Spieleentwickler für den C64. Fotograf stand auch mal hoch im Kurs. Gleiches gilt für die Tätigkeit des Privatiers, eigentlich die schönste von allen. Was ich allerdings nie werden wollte, war Streifenhörnchen bei der Polizei. Als Kriminaler in Zivil mit Fluppe im Mundwinkel und einem Glas Ardberg Wee Beastie in der Hand einem irren Serienmörder hinterherjagen, der seine Opfer samt und sonders an Braunschweiger Denkmälern aufknüpft (selbstverständlich zerstückelt), das wäre klargegangen. Irgendetwas zwischen Sherlock und Schimanski, das hätte gepasst. Aber den ganzen Tag im untermotorisierten, vollgepupsten Volkswagen sitzen, um nach Fahrradfahrern ohne Katzenaugen Ausschau zu halten, um dann mit pseudowichtiger Miene einen Vortrag über Verkehrssicherheit runterzuleiern? Och nee, das ist ja schlimmer, als 24 Stunden Tatort mit Lena Odendahl zu gucken. Einmal pro Stunde kommt ein Anruf vom Bohlweg, weil sich irgendwelche minderjährigen Profialkoholiker gegenseitig den Restzahnbestand zerkloppen, dazwischen müssen übermütige Autofahrer auf dem Ring daran erinnert werden, dass sie nicht auf der Nordschleife des Nürburgringes unterwegs sind. Was für eine Aussicht für ein ewig langes Berufsleben.

Vielleicht sehe ich das auch falsch, aber Verkehrsdelikte haben in der Regel irgendwie keinen Stil. Und sie ähneln einander sehr. Meist steht der Lenker oder die Lenkerin eines Vehikels unter Alkohol- und/oder Drogeneinfluss, fährt Schlangenlinien und wird im wahrsten Sinne des Wortes aus dem Verkehr gezogen. Da bleibt wenig Spielraum für Witz. Ansätze davon zeigte ein 25-jähriger Autofahrer, der im Bereich Hamburger Straße ein Polizeiauto überholte und den wie üblich ein bisschen stumpf glotzenden Beamten den Mittelfinger zeigte. Da war der Jagdtrieb der Polizisten geweckt, sie verfolgten und stellten ihn, der aufmuckende Staatsbürger hatte nicht nur über ein Promille auf der Uhr, sondern auch noch Drogen konsumiert. Pappe weg, Anzeige da, das wird teuer. Das musste wenige Jahre zuvor auch ein Fahrradfahrer erfahren, der ebenfalls ordentlich getankt hatte und auf Höhe Madamenweg einen Streifenwagen entdeckte. Die Staatsmacht interessierte sich aber gar nicht für den schlingernden Biker, sie bearbeitete gerade einen Pkw-Fahrer und hätte den Zweiradlenker wohl auch weiter ignoriert, hätte dieser nicht ein launiges »Na Sheriffs, hängt alles gerade?« rübergeworfen. Die so angesprochen drehten sich um, blickten in die glasigen Glubscher des Radlers und baten ihn zu einem freundlichen Gespräch. Das in Kombination mit der folgenden Blutprobe reichte aus, um seinen Führerschein für ein Jahr einzuziehen und noch einen Idiotentest oben drauf zu packen. So kann ein dummer Spruch mal eben um die 3.000 Euro kosten.

Manchmal reicht aber auch die Fahrweise aus, um die Aufmerksamkeit der bemützten Kollegen auf sich zu ziehen. Im Mai 2022 stand ein Golf zu nachtschlafender Zeit an einer Ampel an der Celler Straße Richtung Innenstadt. Als diese auf Grün schaltete, gab der 46-jährige Fahrer Gas und holte aus seiner Wolfsburger Standardschaukel alles heraus. Obwohl die Beamten auf 130 km/h beschleunigten, entfernte sich der Hobby-Schumi immer weiter und überfuhr dabei gar rote Ampeln. Erst auf Höhe der Hans-Sommer-Straße kam der Verkehrssünder zur Einsicht und hielt abrupt an. 2,3 Promille, das hat sich gelohnt. Warum der Flüchtende seinen Versuch so plötzlich einstellte, ist leider nicht bekannt. Wenn, dann sollte man es auch bis zum Ende durchziehen und an einer besonders dicken Eiche in einem Feuerball abtreten. So ist es wieder nur ein lahmes Verkehrsdelikt. So wie auch die bundesweit bekanntgewordene Kaperung einer Straßenbahn mitten in Braunschweig im Mai 2022. Zwei junge Männer kamen auf die eindeutig ausbaufähige Idee, eine Tram zu okkupieren und gondelten damit in der Nacht durch die Stadt. Am Rathaus hielten sie sogar an, um Fahrgäste mitzunehmen. Kurz darauf kam ihnen allerdings ein Wartungsfahrzeug entgegen, und sie mussten ihre Fahrt stoppen. Gegen die zur Überraschung aller komplett nüchternen Männer wurde wegen Hausfriedensbruchs, gefährlichen Eingriffs in den Schienenverkehr und anderer Vergehen ermittelt, nicht aber wegen Diebstahls. Die Begründung: Die Täter hätten zu keinem Zeitpunkt die Absicht gehabt, die Bahn zu behalten. Wenn das keine Logik ist ...

Zurück zu den Schluckspechten. Die ungekrönten Könige des Promillewahnsinns sind Lkw-Fahrer. Die fahren zwar selten hackedicht in die Innenstadt, weil sie mit ihren motorisierten Monstern höchstens bis zur übernächsten Laterne kommen würden. Aber unzählige dieser Gestalten passieren unser geliebtes Städtchen über die A2 oder die Stadtautobahn. Und was werden den hiesigen Ordnungshüter auf ihrem Suffomaten da nicht alles für Werte angezeigt: 2,8 Promille, 3,5 Promille, klinisch tot, toter als Johannes Heesters. Aber die Kollegen sitzen immer noch blöd grinsend in ihrer Fahrerkabine, in der rechten Hand ein Pornoheft, links die berühmt-berüchtigte Isolierflasche mit Schweinemett. Und nebenbei schaffen sie es noch zu rauchen, mit dem Handy zu telefonieren und über ihr Funkgerät Nachrichten an Gesinnungskollegen abzusetzen. Was soll man diesen Leuten, die sich laut Schildern in ihren Fenstern als Hawky, Iceman, Charly, Zöpfchen oder

Opa Doof zu erkennen geben, bei so einer Kontrolle groß sagen? Für solches Volk schlägt sich die unterbezahlte Besatzung der Autobahnbullerei die Nächte um die Ohren. Es muss frustrierend sein.

Wesentlich sympathischer, aber nicht weniger gefährlich sind Wildtiere, die zwar stets nüchtern, aber doch unüberlegt in unseren Straßenverkehr eingreifen. Heinrich der Löwe errichtete Braunschweig an sechs Tagen schließlich nicht in einer Metropolregion, sondern in der niedersächsischen Einöde, wo sich Fuchs und Hase zu für Autofahrer ungünstigen Zeiten guten Tag sagen. Ab der Dämmerung sind diese Viecher äußerst aktiv, neben Rehen sowie den erwähnten Hasen und Füchsen sind es vor allem Wildschweine, die das Gebot »erst sehen, dann gehen« missachten. Das endet nicht selten mit dem Dahinscheiden des Wildes, aber auch gerne mit massivem Sach- und Personenschaden. Schade, dabei sehen gerade Wildschweine als Braten so friedlich aus. Die Lösung dieses Problems beschäftigt Generationen von Sicherheitsexperten und Naturschützern. Wildschweintunnel wären vielleicht ein bisschen zu aufwendig, Zäune und Gatter halten die wilde Sau im Extremfall nicht auf. Wenn das Tier da durch will, dann geht es da auch durch. Der Schwarzkittel ist quasi der Chuck Norris unter den einheimischen Arten, ohne Wumme, aber dafür mit Hauern. Passanten ohne profunde Kenntnisse im Schweineboxen halten lieber Abstand. Nicht minder angsterfüllt dürfte der Fahrer des Wagens geschaut haben, der 2017 auf der A2 mitten in der Nacht von einem Wolf gerammt wurde. Ja, von einem ausgewachsenen Wolf. Keine Ahnung, welche Horrorfilme dem menschlichen Opfer dieser Kollision innerhalb von Sekunden durch den Kopf gegangen sein mögen, aber einige Werwolfstreifen dürften darunter gewesen sein. Allerdings war dieses Tier nicht mit Superkräften bestückt und ging auch nicht auf zwei Beinen, es verendete artgerecht am Fahrbahnrand.

Von Wölfen zu Tigern beziehungsweise zu dem Tiger, der in Braunschweig für eine der bekanntesten Verkehrsregelübertretungen aller Zeiten sorgte. Wir schreiben das Jahr 2002, nordöstlich unserer schönen Stadt versucht sich ein Fußballklub zu etablieren, was angesichts solcher Platzhirsche wie Eintracht, Magdeburg und Hannover 96 in unmittelbarer Umgebung per se schon mal Quatsch ist. Mit dem Geld des ortsansässigen Automobilbauers künstlich aufgeblasen, wird versucht, alte und satte Stars für ein paar Monate in die Provinz zu locken, um das eigene Image aufzupolieren. Der VfL Wolfsburg sucht sich dazu ausgerechnet Stefan »Freunde der Sonne« Effenberg aus, der zuvor nicht unbedingt durch hohe Sympathiewerte, intelligente Interviews oder Zurückhaltung jeglicher Art aufgefallen ist.

Weil nicht mal Effenberg in Wolfsburg leben möchte, sucht er sich eine riesige Villa in Vordorf vor den Toren Braunschweigs, um die der Superstar erst mal eine riesige Mauer ziehen lässt. Nicht, dass sich die ortsansässigen Schweinebauern für ausgebrannte Ex-Gladbach-Profis interessieren würden, aber sicher ist sicher. Im Februar 2003 nagelt der Kicker mit der blonden Matte auf Höhe Braunschweig in eine Verkehrskontrolle der Autobahnpolizei. Seine Flutlichtheiligkeit sieht sich auf seinen Pfaden gestört und nennt einen der Polizisten oder gleich beide »Arschloch«. Dieser Vorgang landet in zwei Instanzen vor Gericht, wo der Kicker zu 90.000 Euro Strafe verurteilt wird. Und das, obwohl seine Perle, die unausweichliche Claudia »Ich will auch ins Fernsehen« Effenberg (damals noch Köhler) Stein und Bein schwört, ihr Lover habe den beiden Beamten nur einen schönen Abend gewünscht. Der peinliche Zirkus ging 2006 erneut vor Gericht, weil der mittlerweile pensionierte Fußballer die Polizisten in einem Interview beleidigt hatte. Ein herrliches Stück Schmierenkomödie erneut in Braunschweig. Fazit: In einer Löwenstadt haben Tiger nichts zu suchen.

BRITTA MUSSTE ERKENNEN, DASS MAN AUCH NACH 50 NOCH VIELE SCHÖNE DINGE UNTERNEHMEN KONNTE.

Der Hoplit

Es war im Sommer 1956, als Dimitri N. im zarten Alter von siebzehn Jahren seine bergige Heimat, seine Eltern, die sechs jüngeren Geschwister und die Region in Nordgriechenland verließ, wo es mehr Steine als Arbeit gab. Zusammen mit zwei Freunden und einer gemeinsamen Barschaft von zehn D-Mark fuhr er mit der Eisenbahn von Thessaloniki nach Stuttgart. Zwei Tage dauerte die Fahrt über den Balkan, durch das junge Jugoslawien und das alte Österreich bis nach Westdeutschland.

Mysteriöse Seilschaften, die sich von dem kleinen Dorf in Westmakedonien um die halbe Welt schlangen, hatten den drei Freunden Arbeitsverträge in einer Kürschnerei in Leonberg verschafft. Obwohl des Zusammennähens von Pelzen unkundig, hatte Dimitri gegenüber dem Werkstattbesitzer das Gegenteil behauptet. Das Ergebnis schien den Chef zufriedenzustellen, und so schuftete Dimitri zwölf schlecht bezahlte Stunden am Tag, mit Kost und einem Quartier in dem Zimmer neben der Werkstatt, das er sich mit zehn anderen Nähern teilen musste.

Die Arbeit gefiel ihm ganz gut, auch wenn der Rücken an manchen Tagen schmerzte, aber der inzwischen achtzehnjährige Bursche war groß und robust gebaut, trug Gene in sich, welche durch die raue makedonische Landschaft geprägt waren, in der es im Winter schon mal 20 Grad unter null wurde und wo die Wege zu den nächsten fruchtbaren Feldern Fußmärsche von über drei Stunden Berg hoch und Berg runter bedeuteten. Das hatte sein Herz stark und die Knochen hart gemacht.

Eineinhalb Jahre arbeitete er in der Pelznäherei, lernte viel und schickte jeden Pfennig, den er entbehren konnte, nach Hause. Bis der Kürschner billigere Arbeiter fand, die aus den Pelzen Kleidung machten, und Dimitri und seine Freunde entließ. Aber sie waren nicht faul, fanden Arbeit in einer Gummifabrik, wo sie nachts ohne Schutzkleidung die Chemietanks reinigen mussten.

An den Wochenenden besuchte er öfter einen Freund aus der Heimat, den es nach Braunschweig verschlagen hatte, und mit dem er hin und wieder um die Häuser zog. Dabei lernte er eine schöne norddeutsche Frau kennen. 1963 funkte es zwischen den beiden, bald kam er nicht mehr nur zu Besuch nach Braunschweig, sondern er blieb, und vier Jahre später heirateten sie.

Um sich und ihre zukünftige Familie zu ernähren sowie Dimitris Eltern und die sechs Geschwister in der fernen Heimat zu unterstützen, eröffneten sie 1965 ein kleines Geschäft in einer etwas abgelegenen Ecke der Stadt. Verkauften dort Mäntel, Jacken und Mützen, die Dimitri zum Teil selbst zusammennähte. Er arbeitete bis tief in die Nacht und fuhr an den Wochenenden zu den Auktionen nach Frankfurt oder Kopenhagen, um dort die Ware auf Kredit einzukaufen.

Dimitri war ein rechtschaffener, gewissenhafter Mann, und deshalb raubte ihm das finanzielle Risiko auch noch die paar Stunden Schlaf, die nach der ganzen Arbeit von der Nacht übrigblieben. Trotzdem stand er am nächsten Morgen wieder geschniegelt im Laden, um die wenigen Kundinnen zu empfangen und ihre Wünsche zu erfüllen, nach der Umarbeitung eines Mantels zum Beispiel, weil man in den Zeiten des Wirtschaftswunders doch ein wenig zugenommen hatte.

Das emsige Werken, die Zuverlässigkeit und Ehrlichkeit des jungen Griechen aus Westmakedonien zahlten sich aus, und am 1.9.1974 konnte er einen neuen, größeren Laden in einer besseren Lage eröffnen. Zunächst mit wenig Ware, doch der Bestand wuchs stetig, damit aber auch das Risiko und die schlaflosen Stunden. Schließlich hingen die Mäntel und Jacken in zwei Reihen übereinander in den Stellagen, sodass Dimitri eine Holzstange mit einem Haken anschaffen musste, um die oberen auf- und abzuhängen.

Es war Ende Oktober 1976, die Pelz-Saison fing gerade an, Dimitri hatte alle Hände voll zu tun und hätte er Zeit gehabt, hin und wieder einen Blick in die *Braunschweiger Zeitung* zu werfen, wäre er vielleicht ein bisschen auf das schreckliche Ereignis vorbereitet gewesen, das an diesem Samstag über ihn hereinbrach.

Um kurz vor zwei Uhr packte er einen Mantel ein, den er umgearbeitet hatte und der Kundin nach Ladenschluss noch vorbeibringen wollte, als er die Glocke an der Ladentür bimmeln hörte. Er ging in den Verkaufsraum und stand einem blonden Mann gegenüber, etwas jünger als er selbst, aber genauso groß. Gekleidet in Jeans und einer erdbeerfarbenen Wolljacke mit Stehbündchen, hielt er in der einen Hand eine Plastiktüte. Von einer Sekunde auf die andere wurde Dimitri kreideweiß im Gesicht, denn in der anderen Hand steckte eine Pistole, die geradewegs auf seine Brust zielte.

»Vollmachen!«, brüllte der Mann und hielt ihm die Tüte hin. »Und mach keinen Blödsinn, sonst knallt's!«

Alle Gedanken, bis auf zwei, waren plötzlich aus Dimitris Kopf verschwunden: Der darf dich nicht erschießen! Und: Der darf dir nicht das Geld rauben!

»Los! Her mit der Kohle, hab ich gesagt!«, brüllte der Mann und schlug flatternd die Tüte durch die Luft. »Mach schon!«

»Hören Sie«, stammelte Dimitri. »Ich habe Familie. Frau und Kinder …«

»Quatsch nicht! Vollmachen!«

»Beruhigen Sie sich doch erst mal«, sagte Dimitri und versuchte die Panik zu unterdrücken. »Vielleicht können wir …«

»Schnauze! Das Bargeld! Hier rein!«, brüllte der Räuber und wedelte mit der Waffe. »Sofort! Sonst mach ich dir ein Loch in' Bauch!«

Dimitri roch seine Alkoholfahne, bückte sich und holte mit zitternden Händen die Geldkassette unter der Ladentheke hervor.

Plötzlich stand der Räuber direkt neben ihm und drückte den Lauf der Pistole in seine Nieren. »Alles! Hier rein!«, zischte er und hielt ihm wieder die Tüte hin. Dimitri bebte vor Angst, aber er rührte sich nicht. Wenn der Kerl das Geld haben wollte, sollte er es sich gefälligst selbst nehmen, sagte ihm sein griechischer Stolz.

»Ach …« Ärgerlich schob der Räuber ihn beiseite, hielt die Pistole weiterhin auf ihn gerichtet und stopfte mit der anderen Hand alles Geld in die Tüte, das in der Kasse war: 2082 D-Mark. »Das Geld gehört mir nicht«, sagte Dimitri mit Angst und Wut in der Stimme, »das gehört der Bank. Sie bestehlen einen armen Mann.«

»Mir doch egal!« Der Mann griff die Tüte, bewegte sich rückwärts zur Ladentür, wobei er mit der Waffe auf Dimitri zielte. »Keine Polizei, kein Radau, hörst du!«, schrie er, und schon war er zur Tür hinaus.

»Nicht mit mir, Kerl«, murmelte Dimitri, dachte an Troja und Achilles, an Leonidas und Alexander den Großen, schnappte sich die Mantelstange und rannte voller Wut dem Räuber hinterher auf die Straße. War mit drei, vier langen Sprüngen hinter ihm. Hantierte mit der Stange wie ein Hoplit mit der Lanze, schwang sie durch die Luft, ließ das Holz auf den Schädel des Räubers krachen, aber nicht mit der Seite, wo der Haken war. »Sonst haust du den noch tot«, dachte er und schlug ein zweites Mal zu. Die Stange zerbrach, der Räuber ging zu Boden, drehte sich aber noch im Fallen blitzschnell um und zielte mit der Pistole auf ihn. Dimitri blieb stehen, dachte: »Jetzt, jetzt schießt der mich tot!« Aber das tat der Mann zum Glück nicht, er war sofort wieder auf den Beinen, rannte weiter und entkam mit der Beute und einer Platzwunde am Kopf, aus der das Blut auf den Bürgersteig tropfte.

Außer Atem, wütend und traurig eilte Dimitri in seinen Laden zurück und rief die Polizei an. Die nächsten Wochen würde er kein Geld in die Heimat schicken können.

»Räuber verfolgt und mit Stock verletzt! Blutender Täter konnte flüchten – Polizei bittet um Hinweise«, lautete die Schlagzeile in der *Braunschweiger Zeitung* vom 26.10.1976. Und wie bereits eineinhalb Wochen zuvor, was Dimitri aber nicht gewusst hatte, war darunter eine Phantomzeichnung des Täters abgedruckt. Nun aber zusätzlich eine von seinem Hinterkopf, neben dem ein Pfeil auf die Platzwunde wies.

Zwei Tage später klingelte Dimitris Telefon. »Guten Tag, Polizei Braunschweig, Kommissar Schuster am Apparat. Wir haben ihn!« Der Aufruf in der Zeitung sei erfolgreich gewesen, jemand habe den Mann wegen der Platzwunde am Hinterkopf erkannt.

Drei Geschäfte hatte der Räuber mit vorgehaltener Waffe bereits überfallen, aber erst beim vierten war er an einen Hoplit geraten. Der zwar das Geld nie wiedersah, aber den Räuber im Gerichtssaal. Und viele Jahre lang den Überfall im Schlaf immer wieder durchlebte, die Panik, die Wut und die Todesangst.

Vielen Dank an Herrn Dimitri N., der mir so intensiv geschildert hat, was damals geschehen ist.

Shoplifters: Langfinger schlagen zu

Ladendiebstahl gehört in Deutschland (und den meisten westlichen Ländern) zu den beliebtesten Straftaten überhaupt. Fast jede fünfte Gesetzesübertretung fällt darunter, wobei Spritklau an der Tanke und im Wirtshaus nicht mal dazugehören. Die fallen, warum auch immer, unter Betrug. In den letzten Jahren sind die Zahlen auch in Braunschweig rückläufig, was vielleicht an besseren Sicherungssystemen liegt, vielleicht aber auch am allgemeinen Kriminalitätsrückgang oder an der Faulheit der Täter, die ihren Verbrecherhintern nicht mehr von der Couch bewegen wollen, sondern lieber online klauen. An zu vielen Kaufhausdetektiven kann es jedenfalls nicht liegen, die scheinen ziemlich out zu sein. Vor 20 oder 30 Jahren standen in der hiesigen Presse täglich mindestens zwei oder drei riesige

Anzeigen, dass diese dringend gesucht seien. Heute fällt so etwas höchstens mal in der Spalte »Vermischtes« auf. Wahrscheinlich stammt der Ladendetektiv aus einer Zeit, in der am Wochenende Kaufhäuser wie Horten, Hertie und Kaufhof von Familien regelrecht gestürmt wurden. Hier gab es unter einem Dach Omas Stützstrümpfe, Muttis Lieblingswein, Papas Spezialmagazine mit Motorrädern und üppig bebusten Models und einen neuen Fußball für das Balg. Mit dem abschließenden Formschnitzelverklappen in der Kaufhauskantine war auch das gemeinsame Essen abgedeckt, so konnte anschließend jeder für den Rest des Wochenendes seiner Wege gehen. Schöne alte Welt.

Ein Blick in den Blaulichtreport zeigt allerdings, dass Ladendiebe immer noch fleißig unterwegs sind. Die relativ hohe Chance, dass sie von einer Kamera und kurz darauf von Mitarbeitern des Ladens eingefangen werden, scheint sie nicht zu stören. Dabei sind ihre Tricks noch die gleichen wie zu Zeiten der ersten Kaufhausgründungen um die vorletzte Jahrhundertwende. Am beliebtesten ist nach wie vor der, mit einem oder mehreren Teilen in der Umkleidekabine zu verschwinden, selbige unter die eigene Kleidung zu ziehen und fröhlich pfeifend von dannen zu ziehen. 2020 versuchte ein 21-jähriger Dieb diesen Trick in Braunschweig, allerdings wollte er keine Schlüpper oder Shirts mopsen, sondern einen Rucksack. Den trug er in die Umkleidekabine und kam Sekunden später mit dem gleichen Teil auf dem Rücken wieder raus. Der Move war selbst für einen Blinden zu durchschauen, der Kollege wurde einkassiert. Weil er keinen festen Wohnsitz in Deutschland nachweisen konnte, wurde er im

Schnellverfahren zu einer Geldstrafe verurteilt, die er problemlos zahlen konnte. Scheinbar funktioniert sein Trick in manchen Läden immer noch.

Nicht minder dreist ging eine Mutter vor, die mit ihrem achtjährigen Sohn eine Parfümerie betrat, dem Nachwuchs eine Flasche edles Gerüch hinstellte, die dieser unter der Jacke verschwinden ließ. Ein paar Minuten später betrat derselbe Minigauner mit seiner Tante dasselbe Geschäft und zog die Nummer noch mal durch. Hallo, Sorgerechtsüberprüfung? 2020 enterte eine Gruppe von Jugendlichen und Kindern (ohne »Erziehungsberechtigte«) ein Geschäft in der Innenstadt, wo sie sich einige ausgestellte Handys anschauten. Während die eine Truppe abschirmte, knipste die andere die elektronische Sicherung an den Geräten kaputt. Die Gang verließ den Laden mit vier geklauten Smartphones, die auf dem Schulhof wahrscheinlich eine schöne Beigabe zum Taschengeld eingebracht haben. Ob es sich dabei um die gleiche Truppe handelte, die nur ein Jahr zuvor versucht hat, in einem Bekleidungsgeschäft Baseballkappen zu klauen, ist nicht überliefert. Die Jugendlichen gingen damals ähnlich vor, wurden aber geschnappt. Ein Teenager versuchte einem Beamten einen Kopfstoß zu versetzen, ein anderer hatte Drogen in der Tasche, gegen einen dritten lag ein Haftbefehl vor. Nette Kinderchen.

Ähnlich rabiat gab sich ein 46-jähriger Mann, der sich am Nikolaustag des Jahres 2019 aus einem Supermarkt verabschiedete. Die Mitarbeiter glaubten, dass er etwas gestohlen habe und riefen die Polizei. Die entdeckte den Mann ein paar hundert Meter weiter und versuchte ihn zu stoppen. Er ging aber einfach weiter und schnurstracks in eine Drogerie. Im Ladenraum versuchten die Beamten den Mann erneut zu stellen, aber er schlug um sich und verletzte vier von ihnen. Einen biss er in den Unterarm. Ein Verfahren wegen Widerstands gegen Polizeivollzugsbeamte und Körperverletzung wurde eröffnet, der Vorwurf des Ladendiebstahls musste fallen gelassen werden. Es konnte nicht bewiesen werden, dass die Artikel, die der Typ mit sich geführt hatte, wirklich aus dem Supermarkt stammten. Da darf die Frage erlaubt sein, wer denn hier am Ende gewonnen hat? Und vor allem was? Staatsbedienstete zu beißen ist aber so oder so kein feiner Zug.

Innerstädtischer Rekordhalter im Ladendiebstahl aber ist ein Mann Anfang 40, der gefühlt alle zwei Wochen erwischt wird, von seinem Hobby aber einfach nicht lassen kann. Im Oktober 2018 wurde er an einem Tag ganze vier Mal hochgenommen, einmal hatte er in einem Supermarkt Lebensmittel im Wert von 3,50 Euro entwendet. Der Mann landete am Ende dieses Tages im Knast, dürfte seinen Beutezug aber schon bald fortgesetzt haben. Ich persönlich bin ja der Meinung, dass der Typ die Diebstähle nur als Ablenkungsmanöver begeht. Mittlerweile ist er gut bekannt, auf seinen Touren durch die Innenstadt folgen ihm wahrscheinlich 20 Beamte, und währenddessen räumen seine Komplizen in aller Ruhe Banken aus. Ist aber nur eine Vermutung.

Die Gunst der Stunde versuchten auch einige polnische Fußballfans von Legia Warschau zu nutzen. Die waren auf dem Weg zu einem Spiel gegen Ajax Amsterdam und sammelten an einem Rasthof Höhe Helmstedt Whiskeypullen und Spielzeug (man muss ja auch an den Nachwuchs denken) ein, ohne den Kram zu bezahlen. In Peine waren sie ihr Diebesgut dank der Autobahnpolizei Braunschweig wieder los, muckten aber noch auf. Anstatt die Deppen ihre Beute zu Fuß zurück in den Rasthof schleppen zu lassen, durften sie nach Aufnahme der Personalien weiterfahren. Mögen sie in den Niederlanden eine ähnliche Aktion versucht haben und an den richtigen Polizisten geraten sein.

Einen ganz perfiden Trick wendete ein osteuropäisches Pärchen Anfang 2015 an. Die beiden bezahlten eine Flasche teuren Alkohols und kurz darauf einen Einkauf in einem Spielwarenladen mit jeweils einem (echten) 500-Euro-Schein. Im Rahmen der Transaktion bat einer der beiden um kleinere Scheine beim Wechselgeld und tauschte so lange Fünfziger gegen Zwanziger und Zwanziger gegen Zehner, bis die Kassiererin völlig den Überblick verlor und in beiden Fällen 200 Euro zu viel herausgab. Faszinierend. Aber wer ein solches Talent hat, andere Menschen besoffen zu quatschen, könnte doch viel mehr daraus machen. Einer Karriere als Autohändler, Politiker oder Gastgeber einer Politik-Talkshow bei den Öffentlich-Rechtlichen wäre mehr oder weniger legal und bietet mindestens ebenso gute Verdienstmöglichkeiten.

Das Opfer und sein Mörder

Bei einigen der Verbrechen, die ich in diesem Buch schildere, konnte ich für die Recherche mit direkt betroffenen Menschen sprechen. So auch mit einem Mann, in dessen familiärem Umfeld in den 1990er Jahren ein Mord passiert ist. Ich rief ihn an und wir verabredeten uns in einem Café im Magniviertel. Wir treffen uns an einem schönen Frühlingstag, die Sonne scheint, und fast alle Tische im Außenbereich sind besetzt.

Der Mann unterhielt zu dem Zeitpunkt der Tat eine Beziehung zu einer der erwachsenen Töchter des Opfers, und ich bin sehr gespannt, was er zu berichten hat. Um seine und die Identitäten aller Betroffenen zu schützen, werde ich ihn Herr K. nennen und nur vage das Beziehungsgeflecht der Personen untereinander schildern.

Das Opfer war eine Frau Anfang fünfzig, und der Täter ihr Freund, der damals Mitte dreißig Jahre alt war. Sie hatten zusammengewohnt und mit größter Wahrscheinlichkeit handelte es sich um eine Beziehungstat. Das wusste ich bereits aus den alten Zeitungsartikeln, die ich vor unserem Gespräch gelesen hatte. Auch, dass die Frau mehrere Tage lang tot in der Wohnung gelegen hatte, bis ihr Freund von Wolfsburg aus die Polizei darüber informierte. Und auch, dass er keine 24 Stunden nach Auffinden der Leiche als Tatverdächtiger festgenommen worden war.

Aber was mich bei dem Gespräch interessiert, ist nicht das Tötungsdelikt an sich, der Tathergang oder die Polizeiarbeit, sondern, was für ein Mensch das Opfer war – und der Täter. Und da habe ich in Herrn K. einen sehr wertvollen Gesprächspartner, denn wer kennt schon das Opfer *und* dessen Mörder? Also lautet meine erste Frage, als Herr K. mir in der Sonne gegenübersitzt, was für ein Mensch die getötete Frau war.

»Die war wirklich nett. Immer freundlich und sehr hilfsbereit. Man konnte sich auf sie verlassen. Ihr Tod war ein großer Verlust für ihre Familie, die Freunde und Nachbarn. Sie hatte gerne gefeiert, Party gemacht. Das war ein ganz toller Mensch, voll in Ordnung«, erzählt er und ich schreibe mir nur Stichworte auf, denn ich möchte mein Gegenüber nicht mit einem Aufnahmegerät verunsichern, und so sind die Antworten, die ich Herrn K. hier in den Mund lege, eher ein Gedächtnisprotokoll als Zitate. »Die Tage«, fährt er fort, »als sie tot in ihrer Wohnung lag, hatte ich noch bei ihr geklingelt, wollte irgendetwas abholen, hatte mir aber weiter keine Gedanken gemacht, weil sie ab und an mal für ein paar Tage nicht da war.«

»Was war der Mann, also der Mörder, für ein Typ? Die beiden waren mehrere Jahre zusammen gewesen, und Sie haben ihn kennengelernt.«

»Der war Handwerker, vielleicht so 1 Meter 75, eher schlank, vielleicht 75 Kilo. Aber der war dreist. Rechthaberisch. Und ich würde sagen, ja, der war Alkoholiker. Was der gesoffen hat! Ich hatte ihn ja erlebt, bei Feierlichkeiten. Erst Bier, dann harte Sachen. Und dann wurde der schnell handgreiflich. Also, nicht dass er immer so war, aber wenn der getrunken hatte, konnte der ganz schnell aggressiv werden.«

»Meinen Sie, der hat sich dann Opfer gesucht, die er zusammenschlagen konnte?«

»Nein, so nicht, es musste schon einen Grund geben, einen Wortwechsel oder so. Aber der hat sich nicht nur mit Schwächeren angelegt, ich denke, der hatte, oder hat – der lebt ja noch – auch vor Stärkeren keine Angst. Wenn ihm in einer Kneipe einer schräg kam, hat der zugelangt. Irgendwie hatte der schon einen Hau weg, aber dass der imstande ist, einen Menschen umzubringen, hätte ich nie gedacht.«

»Dann war er wahrscheinlich der Polizei als Gewalttäter bekannt?«

»Ja, das war er wohl. Deshalb hatten wir uns ja später über das in unseren Augen milde Urteil gewundert. Zehn Jahre, oder so, dafür, dass er einen Menschen, eine Mutter von drei Töchtern grausam und ohne Skrupel erschlagen hat. Klar, im Vollrausch, und da gibt es dann immer mildere Urteile, weil er angeblich nicht wusste, was er tat.«

»In der Zeitung stand, dass die beiden sich oft gestritten hatten ...«

»Oh ja, und auch heftig. Die waren seit etwa drei Jahren zusammen und hatten sich in einer Bar kennengelernt, das vermute ich zumindest. Die hatten viel Beziehungsstress, und da ging es manchmal ziemlich hitzig zu. Wir haben immer gesagt, sie solle sich von dem Mann trennen. Aber das wollte sie nicht.«

»Herr K., wie gut kannten Sie den Täter?«, frage ich und ziehe meine Jacke wieder an, weil wir inzwischen im Schatten sitzen.

»Schon ganz gut, denke ich. Wir haben zusammen gefeiert, gegrillt und so. Aber der wusste nicht, wann er aufhören sollte zu trinken. Der hatte kein Maß. Dann regte er sich auf und ich habe ihn mehrmals gezügelt: Hey, setz dich mal wieder hin.«

»Und das hat geklappt?«

»Manchmal ja, manchmal nicht. Weil er oft betrunken war, habe ich ihn viel mit dem Auto rumgefahren, chauffiert, und einmal sagte er: Halt mal schnell an. Reißt die Tür auf und göbelt aus dem Auto raus.«

»Sicher haben Sie viel darüber nachgedacht, was da an dem Nachmittag passiert ist, und wie es zu der Tat kommen konnte.«

»Ständig. Ich denke mir das so: Es ist im Suff mal wieder zu einem Streit gekommen, der dann fürchterlich eskaliert ist. Er wollte sich wohl endgültig von ihr trennen, das war immer ein Hin und Her zwischen den beiden. Aber sie wollte ihn anscheinend nicht gehen lassen. Wahrscheinlich kam es zu Handgreiflichkeiten, und besoffen wie er war, hat er dann mit einem Hammer zugeschlagen. Mehrmals. Oft ...«

Herr K. senkt den Blick und braucht einen Moment, ehe er fortfahren kann. »Er wollte sie mundtot machen … einfach loswerden …«

Ein ungewöhnliches Motiv, denke ich, denn in den meisten Beziehungstaten und Femiziden tötet ein Mann eine Frau, weil sie nichts von ihm wissen will, oder aus Eifersucht. Hier bringt einer die Frau um, die sich *nicht* von ihm trennen möchte. Warum ist er nicht einfach gegangen? War er so schwach?

»Wie haben Sie von dem Tod, dem Todschlag erfahren? Aus der Zeitung?«

»Nein. Nachdem die Polizei ermittelt hatte, wer das Opfer war, klingelten zwei Kriminalbeamte bei uns an der Wohnungstür und haben uns das ganz nüchtern und abgeklärt mitgeteilt.«

»Also nicht wie in einer Krimiserie? Ohne psychologische Hilfe, ohne Notfallseelsorger?«

»Nein, nein. Die standen im Hausflur und sind nicht mal in die Wohnung gekommen. Das war einfach kurz und knapp. Eine Visitenkarte vom Weißen Ring haben die uns gegeben, das war alles.«

Ich schüttle mit den Kopf, weil ich mir das so nicht vorgestellt habe.

Herr K. fährt fort: »Erst später mussten die Töchter aufs Revier und wurden dort befragt. Aber da hatten die den Täter ja schon. Im Prozess mussten sie dann keine Aussage mehr machen. Das blieb ihnen erspart.«

»Aber die Töchter und Sie, Herr K., waren Sie alle bei der Gerichtsverhandlung dabei?«

»Ja. Und das war schlimm für uns, weil der keine Reue gezeigt hat. Der war total abgeklärt und hat nur gesagt, er könne sich an nichts erinnern, weil er so betrunken war. Es schien ihm egal zu sein, dass er einen Menschen getötet hat.«

»Und das Urteil lautete zehn Jahre Haft?«

»Das weiß ich nicht mehr genau. So um die zehn Jahre. Für Totschlag unter Alkoholeinfluss. Vielleicht hat er nur acht abgesessen. Ich habe ihn ja vor ein paar Jahren wiedergesehen …«

»Sie haben ihn wiedergesehen? Das heißt, er ist nach der Tat nicht weggezogen und hier in Braunschweig geblieben?«

»Ja, ich habe ihn mehrmals gesehen, da am Cyriaksring, vom Auto aus. Hielt sich erst am Ampelpfahl fest und torkelte dann über die Straße, total hackedicht«, sagt Herr K., und ich bedanke mich zitternd für das Gespräch, nicht nur aus Empörung, sondern auch vor Kälte, weil die Sonne inzwischen untergegangen ist.

The Boys are Back in Town: Verbrechen in den Farben Blau und Gelb

Alle zwei Wochen, mit Pausen im Sommer und Winter, lässt sich in Braunschweig ein seltsames Ritual beobachten. Kioske schmücken ihre Schaufenster mit Fahnen und Wimpeln, verbarrikadieren aber gleichzeitig ihre Eingänge und verkaufen alkoholische Getränke und Zigaretten nur noch hinter einem massiven Schutzwall. Damit ist das Verhältnis zwischen der Stadt und den Fans von Eintracht Braunschweig bereits ziemlich gut beschrieben.

Denn einerseits sind die Oberen wie die einfache Bevölkerung mehrheitlich stolz auf den Club, der sich immer wieder aus den absurdesten Situationen befreien kann und irgendwie am Leben bleibt. Das würde ganz sicher nicht ohne die massive Fanunterstützung aus der Kurve funktionieren, die im zivilen Leben aber schnell zum Problem werden kann. Von den Pyroverfehlungen einiger so genannter Ultras fangen wir gar nicht erst an; wenn man nicht direkt im Wind steht, gibt es wirklich Schlimmeres. Gesangliche Fettnäpfchen lassen sich bis zu einem bestimmten Punkt ignorieren, schließlich hat nicht jeder Mensch das Talent, sich in seiner Muttersprache so auszudrücken, dass sich andere nicht vor lauter Fremdscham in die Oker stürzen möchten. Sobald sich einzelne (!) angetrunkene Mobs, bestehend aus Alt-Hools und mental nicht ausgelasteten Jugendlichen, mit dem Schlachtruf »Fußballfans sind keine Verbrecher« ins freie Gelände begeben, ist allerdings Vorsicht angesagt. Denn ab drei Promille wird nicht mehr gefragt »Freund oder Feind?«, wie die unzähligen Polizeiberichte zu Spieltagsvorfällen beweisen. Da kommt so eine Rotte »Fans«, frei nach dem Motto »vier Mann, zehn Zähne« um die Ecke gebogen und kloppt grundlos auf heimische Kneipen oder Geschäfte ein, als wäre man in einem Film von Bud Spencer. Der dicke Italiener hat damals aber nur Spaß gemacht, einige Anhänger verstehen den eher nicht. Da werden Fans des eigenen Vereins aus der Straßenbahn geschubst (2019), der Hitlergruß gezeigt (2020), Beschimpfungen vor dem Hotel des eigenen Teams skandiert (2021) und tausend Vorfälle mehr. Angriffe auf gegnerische Fankohorten sind da gar nicht mit eingerechnet. 2016 fand ein besonders peinlicher statt, 30 Anhänger der Eintracht überfielen sieben Düsseldorf-Fans. Vier von ihnen wurden verletzt. Auf ihrer Flucht räumten die selbst ernannten Fußballkrieger noch schnell die Außenterrasse einer Gaststätte ab, indem sie mit Stühlen und Tischen warfen (nach wem auch immer). Einer Passantin, die ihren Unmut gegenüber dieser strunzdämlichen Aktion äußerte, schlug einer der Flüchtenden mit der Faust ins Gesicht. Ja, so werden Helden geboren. Immer wieder wird betont, dass es sich bei solchen Eskalationen um tragische Einzelfälle handelt. Die summieren sich aber leider schon seit Jahrzehnten und schaffen ein Bild, das weder dem Verein noch der Stadt würdig ist. Und selbst wenn gegnerische Anhänger und nicht zuletzt auch unsere Freunde und Helfer ihren Anteil an mancher Zuspitzung haben, bleibt ein bitterer Beigeschmack. Der gehört aber verdammt noch mal ins Bier!

Dass es rund um den Fußball nicht immer gleich um Körperverletzung gehen muss, beweist eine Straftat im Zusammenhang mit Eintracht, die 2021 begangen wurde. Vor einer Kinderarztpraxis in der Weststadt hatte ein Arzt eine massive Skulptur in Gestalt eines Jungen aufgestellt. Der trug ein Eintracht-Trikot und hielt einen eiförmigen Fußball in Händen. Für einige Fans war dieses Einzelstück wohl eine zu große Versuchung, sie klauten es kurzerhand. Wobei sich die Frage stellt, wie sie das schwere Ding in ihren Hobbykeller schafften. Auf dem Kunstschwarzmarkt ist das dezent debil dreinschauende Kerlchen mit der unförmigen Pille jedenfalls nie aufgetaucht.

Bereits 2016 zeigten sich drei Grünschnäbel so beeindruckt von der Leistung unserer Profikicker, dass sie in der Rankestraße ein eigenes Match starteten. Weil sie gerade keine Tore zur Verfügung hatten, nahmen sie einfach vier geparkte Autos. Entsetzte Anwohner riefen die Polizei, die konnte allerdings nur noch ein paar ziemlich zerknautschte Pkws registrieren. Im gleichen Jahr nahm sich ein Eintracht-Fan sicherheitshalber lieber selbst aus dem Spiel. Das Auto hatte der Mann vernünftigerweise zu Hause gelassen und raste nach einem Heimspiel seiner Blau-Gelben mit seinem Drahtesel die Pockelstraße entlang. Aufgrund seiner hohen Geschwindigkeit fiel er mehreren Passanten auf, die wenige Augenblicke später beobachteten, wie der Kollege stumpf gegen einen Baum schepperte. 2,74 Promille lassen die Ursache des Missgeschicks erahnen.

Ebenfalls 2016 kam es zu einem weiteren fußballbedingten Verkehrsunfall, an dem die Eintracht allerdings komplett unbeteiligt war. Isch schwör! Denn an diesem späten Abend hatten sich Anhänger der türkischen Nationalmannschaft in ihren Fahrzeugen versammelt, um den Sieg bei der Europameisterschaft gegen Tschechien zu feiern. Warum sie das taten, ist im Nachhinein nicht so ganz klar, denn es war der einzige Sieg im letzten Gruppenspiel, die Türkei erreichte das Achtelfinale nicht. Sei's drum, auf der Münzstraße bildete sich in dieser Nacht eine lange, wild hupende Autoschlange, die sich irgendwann gar nicht mehr bewegte. Das erkannte ein 18-jähriger Fahranfänger zu spät und krachte mit seinem Gefährt ins Ende der Prozession. Zwei Verletzte und 6.500 Euro Sachschaden waren zu beklagen.

Ganz vorne mit dabei war unsere Eintracht natürlich auch beim legendären Bundesliga-Skandal, der beinahe eine komplette Profiliga samt ihrer Unterbauten ins Verderben gerissen hätte. In der Saison 1970/71 gerieten die beiden Klubs Arminia Bielefeld und Rot-Weiß Oberhausen in Abstiegsgefahr und versuchten mittels großzügiger Zahlungen an gegnerische Spieler und Funktionäre, deren Begegnungen zu ihren Gunsten zu manipulieren. Das gelang erstaunlich gut, die halbe Liga, von Hertha BSC Berlin über Schalke 04 bis hin zum 1. FC Köln, ließ sich schmieren und versuchte ein paar Extrascheine zu verdienen. Es war eben die Zeit, in der es für eine einfache Unterschrift unter einen Vertrag noch keine 100 Millionen Euro Handgeld gab, da war sich jeder selbst der nächste. Am nächsten stand sich der Kader von Eintracht Braunschweig, hier konnte gleich 16 Kickern nachgewiesen werden, dass sie zumindest von Manipulationen wussten. Lothar Ulsaß, Braunschweigs damaliger Ballvirtuose, bezahlte seine Bereitschaft zur Annahme von Schmiergeld sogar mit seiner Karriere. Er erholte sich nie wieder von dem Skandal. Andere Kicker wanderten nach Südafrika aus, weil hier die Apartheid herrschte und das Land deshalb nicht Mitglied der FIFA war, die Sperren also nicht galten. Ein drolliges Moralverständnis. Den meisten Kickern, Trainern und Funktionären erging es wie den Naziverbrechern 20 Jahre zuvor. Sie erhielten spektakuläre Strafen und Sperren (manche mehrfach lebenslänglich), wurden aber nach wenigen Jahren, meist nach wenigen Monaten begnadigt. Hat damals funktioniert, hat wieder funktioniert.

Das absolute Sahnehäubchen in Sachen blau-gelbes Verbrechen liegt ebenfalls schon einige Jahrzehnte zurück. Nein, es wurde nicht von einem Spieler begangen, auch wenn an der Hamburger Straße im Laufe der Dekaden nicht wenige Sportler gekickt haben, denen man übelste Misshandlung des Spielgeräts vorwerfen könnte. Und auch mancher Trainer oder Funktionär hätte hinter schwedischen Gardinen eine bessere Figur gemacht als in verantwortlicher Position. Aber das Glamour-Paar Igor und Irina Belanow riss alles raus. Nun weiß jeder, der sich ein bisschen mit dem Verein beschäftigt, dass echte Stars hier auf so verlorenem Posten stehen wie Ex-Präsident Gerhard Glogowski in einer Saftbar. Belanow war, anders als Paule Breitner wenige Jahre zuvor, auch gar kein echter Star mehr. Sein Stern begann 1989 nach großen Erfolgen (unter anderem Europas Fußballer des Jahres) schon bei Dynamo Kiew zu sinken, der Wechsel zu Mönchengladbach 1989 war eher ein Marketinggag. »BoRussia« und so, obwohl Igor Ukrainer ist. Der Fehler würde heute nicht mehr passieren. Die Belanows kamen im Westen überhaupt nicht klar, weder auf dem Feld noch daneben. Die Leistungen des Kickers waren über weite Strecken indiskutabel. Als das Paar in einem Gladbacher Kaufhaus beim Diebstahl eines Pelzes und eines billigen Armreifs erwischt wurde (weiteres Diebesgut wurde bei ihnen zu Hause entdeckt) und aus allen Wolken fiel, warum so etwas einem sowjetischen Spitzenspieler samt Gattin nicht gestattet sein sollte, war endgültig Schluss. Belanow wurde in die 2. Liga abgeschoben, natürlich zu Eintracht Braunschweig. Auch hier blieben seine Leistungen überschaubar, den Abstieg in die Drittklassigkeit verhinderte er nicht. Dafür begab sich Frau Irina auch in der Löwenstadt wieder auf Gratis-Shoppingtour und wurde dabei erwischt, wie sie (der Legende nach) einen knallroten Kinderbikini mopste.

Beziehungsweise wurde sie beim Versuch erwischt. Wenig später verzichtete auch Braunschweig auf die Dienste des Vize-Europameisters von 1986 und entließ ihn in die weite Welt des Fußballs. Die Welle der Peinlichkeiten war für die Belanows damit noch nicht beendet, aber das ist eine andere Geschichte.

Muttermord

Was für ein mieser Sommer, dachte Irmgard Möller, als sie durch die Terrassentür in den Garten blickte. Es war nicht nur ungewöhnlich kalt, so kalt, dass auf einem Volksfest in Berlin Glühwein und Grog verkauft wurden – und das im Juli –, sondern auch so nass, dass der Terrassenboden nie trocken wurde und eine schleimige Schicht aus Algen bekommen hatte. Wenn sie, die Kinder oder ihr Mann Georg, mal in den Garten gingen, mussten sie aufpassen, dass sie nicht ausrutschten.

»Der Hagelsturm, der gestern Abend in München und Südbayern niedergegangen ist, hat verheerende Schäden angerichtet«, verkündete der Radiosprecher. »Die örtlichen Behörden rechnen mit weit über hundert Verletzten. Mehr als 40.000 Häuser sind stark beschädigt, in den Straßen lag der Schnee 20 Zentimeter hoch. Aktuell geht man von über eine Milliarde D-Mark Sachschaden aus.«

Irmgard seufzte. Da waren sie hier in Wolfsburg noch gut dran, mit ihrer rutschigen Terrasse, dachte sie, ohne zu ahnen, dass ihr Leben schon bald ebenso zerstört sein würde wie die Häuser in München.

Sie schaute zur Uhr. Marion wollte heute kommen und für ein paar Tage ihr altes Zimmer beziehen, um an ihrer Diplomarbeit zu schreiben. Informatik. So ganz hatte Irmgard immer noch nicht verstanden, was das eigentlich war, was ihre Tochter da an der TU-Braunschweig studierte. Was sie verstanden hatte, war, dass es in dem Studentenwohnheim wohl manches Mal hoch herging. So hoch, dass Marion dort nicht die Ruhe fand, ihre komplizierte Abschlussarbeit mit dem Titel »Eigenheiten der Computersprache« fertigzustellen. Aber ob sie das hier, zuhause, ohne ihren neuen C64 überhaupt hinbekam? Georg hatte zwar keinen Kredit für das gebrauchte Gerät aufnehmen müssen und die 520 Mark vom Sparbuch abgehoben, aber so dicke hatten sie es nun auch wieder nicht, denn das Studium kostete. Aber Informatik und Computer würden in Zukunft angeblich eine hochwichtige Rolle spielen, prophezeite Marions Mentor.

Es war schon halb sechs. Marion hatte um 15 Uhr einen Zahnarzttermin in Braunschweig und wollte anschließend mit dem Bus hierher nach Hattorf fahren. Eigentlich hätte sie schon da sein müssen. Ganz leise machte sich ein flaues Gefühl in Irmgards Magen bemerkbar. Vor fast genau einem Jahr hatte hier jemand die Kerstin ermordet. Vierzehn Jahre alt war das Mädchen nur geworden, als es tot drüben im Wald gelegen hatte. Frau Möller schüttelte den dunklen Gedanken ab, ging in die Küche und deckte den Tisch für das

Abendbrot. Wahrscheinlich hatte es beim Zahnarzt einfach etwas länger gedauert.

Um sechs Uhr hörte sie den Schlüssel im Schloss der Haustür. Eilte in den Flur, aber es war nur Andreas, der vom Fußball kam. »Warte«, sagte sie, bevor er sich die Schuhe ausgezogen hatte. »Deine Schwester ist immer noch nicht da. Kannst du mal kurz zur Bushaltestelle laufen und nachsehen …«

»Marion ist 24 Jahre alt«, sagte der Junge, aber er ging, denn seit letztem Jahr machte sich jeder im Ort große Sorgen, wenn jemand aus der Familie überfällig war.

Als er allein zurückkam, war es schon kurz vor sieben, und das flaue Gefühl in Irmgards Magen wurde stärker. Sie lief durch das Haus, schaute immer wieder auf die Straße, rief eine Freundin an, während Andreas ein paar Brote aß.

Um acht kam Georg von der Schicht. Seine Frau stürzte blass und nervös auf ihn zu. »Da muss doch was passiert sein!«, sagte sie und zog sich die Jacke an. »Um halb neun kommt der letzte Bus aus Braunschweig. Ich gehe jetzt noch mal zur Haltestelle. Und wenn sie da nicht drinsitzt, dann …«

Georg Möller war hungrig und müde von der Arbeit und wusste nicht genau, was dieses *dann* bedeuten sollte. Eine Stunde später wusste er es, denn da saß er nervös im Auto und fuhr nach Braunschweig, in das große Studentenwohnheim. Er klopfte, laut und energisch, aber die Tür zu dem winzigen Appartement blieb verschlossen. Nur ein langhaariger Nachbar lugte in den Laubengang: »Nee, die Marion hab ich nicht gesehen.«

Nach einer schlaflosen, sorgenvollen Nacht riefen die Möllers früh am Morgen die Polizei an, fuhren dann auf das Revier und gaben eine Vermisstenanzeige auf. Liefen aufgeregt durch das Dorf, fragten Freunde und Bekannte, aber niemand hatte ihre Tochter gesehen.

Mit verweinten Augen saß Irmgard am Nachmittag neben ihrer Freundin Brigitte in der Küche. Hob zitternd die Kaffeetasse und schaute aufgewühlt auf die beiden Kriminalbeamten aus Braunschweig, die ihnen gegenübersaßen.

»In Anbetracht der Umstände, die Sie uns noch einmal geschildert haben ... wir nehmen das Verschwinden Ihrer Tochter sehr ernst«, sagte einer der beiden. Sie hatten Frau Möller auch nach den Adressen des Studentenwohnheims und des Zahnarztes gefragt, nach der Busverbindung und ob ihre Tochter die Kerstin, das Mordopfer vom letzten Jahr, gekannt habe.

»Ich glaube, nur vom Sehen«, sagte sie. »Die war ja zehn Jahre jünger als Marion.«

»Und Sie hatten keinen Streit mit Ihrer Tochter?«, fragte der jüngere der beiden Männer.

Irmgard schüttelte vehement den Kopf, schluchzte: »Sie wollte doch herkommen und ihre Arbeit schreiben ...« Dann verstummte sie, weil das Weinen keine Worte mehr zuließ.

Brigitte legte den Arm um sie, während die beiden Männer konzentriert in ihren Notizen lasen. Nach einer Weile sagte der ältere: »Die meisten vermissten Personen finden sich wieder an.« »Die allermeisten«, fügte der Jüngere hinzu. Dann baten sie darum, sich in Marions Zimmer umsehen zu dürfen.

»Wir denken, die Kollegen hier in Wolfsburg werden eine Suchaktion einleiten. Wahrscheinlich morgen schon«, meinte der ältere, als sie gingen und eine Mutter zurückließen, deren Seele von einem heraufziehenden schweren Sturm immer mehr verdunkelt wurde. Von einem Sturm, der sich im Laufe der nächsten Tage und Wochen zu einem Unwetter entwickeln würde, das mit eiskalten, faustgroßen Hagelkörnern das feine Gewebe ihres Gemüts zertrümmerte, wie nur der Verlust eines Kindes die Seelen seiner Eltern zertrümmern kann.

Der Zahnarzt bestätigte gegenüber der Polizei Marions Besuch. Die Busfahrer konnten sich nicht an sie erinnern. In Hattorf hatte sie an dem Abend niemand mehr gesehen. In ihrer Studentenbude in Braunschweig fand man neben dem C64 und vielen weiteren persönlichen Gegenständen ihren Koffer, Bargeld sowie ein Geschenk für ihren Bruder, und auch ihr Bankkonto war nicht leergeräumt. Alles zusammen erhärtete den Verdacht eines Verbrechens. Aber keine der Suchaktionen hatte Erfolg, ihre Tochter war *spurlos* verschwunden.

Die Eltern gaben die Hoffnung nicht auf, Marion doch noch zu finden, und als die Möglichkeiten der Behörden erschöpft waren, bezahlten sie aus eigener Tasche einen Hubschrauber, der geometrische Messungen durchführte. Aber auch die brachten kein Ergebnis. Übrig blieben nur die verzweifelte Hoffnung und eine Therapeutin, die versuchte, die fragilen Netze ihrer Seelen zu reparieren, während die

Akte »Marion Möller / vermisst seit 26. Juli 1984« bei der Kriminalpolizei nicht weiter anwuchs und schließlich ihren Platz im Regal für »Ungelöste Fälle« fand.

Am 11. Januar 1985 saßen Irmgard, Georg und Andreas vor dem Fernseher. Die Mutter war dünn geworden, der Vater zusehends gealtert, und sie schauten mit versteinerten Gesichtern auf den Bildschirm, auf dem Eduard Zimmermann mit einem Kriminaloberrat über die beiden Fälle in Hattorf sprach: den Mord an dem Mädchen im Juli 1983 und das Verschwinden von Marion fast genau ein Jahr später. Irmgard hatte zwei Tabletten genommen, weil sie die »Aktenzeichen«-Sendung unbedingt anschauen wollte, aber Angst hatte, dass sie zusammenbrechen würde, wenn sie sah, wie eine junge Frau ihre Tochter spielte. Sie hielt sich tapfer, und zusammenbrechen würde sie erst ein paar Monate später.

Aufgewühlt wartete die Familie auf die ersten Zuschauerreaktionen. Und es kam tatsächlich ein konkreter Hinweis rein, zumindest in dem Mord an Kerstin. Frau Möller nahm noch eine Tablette, um wenigstens etwas Schlaf zu finden.

Die nächsten Tage und Wochen vergingen wieder zwischen Bangen und Hoffen, die Vermisste endlich zu finden und zu erfahren, was ihr zugestoßen war. Währenddessen verrichtete der Polizeiapparat seine Arbeit, die bereits im März von Erfolg gekrönt wurde, denn da verhaftete man einen Verdächtigen. Bald darauf gestand dieser Mann, das Mädchen getötet zu haben. Irmgard brach zusammen, aber immer noch glühten Funken der Hoffnung in ihr, dass ihre Tochter noch lebte. Bis der Mann auch den Mord an Marion zugab. Der Hagelsturm zerfetzte in einem letzten Ansturm ihre Seele und löschte das letzte Bisschen verzweifelter Hoffnung, das noch darin gewesen war.

Aber der Mann hatte gelogen. Sofort begann die Hoffnung wieder schmerzvoll zu keimen, und erst als Marion fünf Jahre nach ihrem Verschwinden offiziell für tot erklärt wurde, obwohl man ihre Leiche nicht gefunden hatte, verkümmerte sie vollends. Irmgard und Georg kauften sich eine Grabstelle auf dem Friedhof und ließen einen großen Stein mit dem Namen ihrer Tochter aufstellen, der noch genug Platz für ihre eigenen bot.

Der nächste Name, der in den Stein gemeißelt wurde, war Georg Möller, und Irmgard ging fortan allein auf den Friedhof, um dort ihrer Familie zu gedenken, denn Andreas war längst weggezogen.

Es war viele Jahre später, im September 2015, als Irmgard Möller in dem großen Sessel saß, durch die Terrassentür in den Garten geschaut hatte und dabei eingedöst sein musste. Der Hagelsturm hatte sich über die Jahre aufgelöst, und sie besaß schon lange keine Kraft mehr, darüber nachzudenken, was Marion damals, vor über dreißig Jahren, Grausames zugestoßen war. Ob man sie vergewaltigt, gefoltert und zerstückelt oder einfach nur ermordet hatte. Nur über das, was aus ihr hätte werden können, dachte sie manchmal noch nach, denn die Weissagung ihres Mentors hatte sich mehr als bestätigt: Informatik und Computer spielten inzwischen tatsächlich eine hochwichtige Rolle in der Welt.

Plötzlich klingelte es an der Tür. Irmgard runzelte die Stirn. Arbeitete sich aus dem Sessel, schlurfte zur Haustür und öffnete sie einen Spalt. »Guten Tag, Frau Möller«, sagte ein Mann und hielt ihr einen Ausweis hin. »Bitte erschrecken Sie nicht. Ich bin Oberkommissar Kunkel und das ist Frau Weber. Wir sind von der Kriminalpolizei Braunschweig. Dürfen wir bitte hereinkommen?«

Irmgard sackte das Blut in die Beine. »Oh Gott! Ist was mit Andreas?«, fragte sie und schwang die Tür auf.

»Nein, nein«, sagte der Kommissar. Die Beamten betraten das Haus und folgten Irmgard in die Küche. »Es geht um Ihre Tochter. Ich glaube, es ist besser, wenn Sie sich setzen.«

»Ach, die Marion …« Irmgard seufzte. »Haben Sie sie endlich gefunden? Ihre … sterblichen Überreste …«, fragte sie und setzte sich.

Auch die beiden Beamten ließen sich nieder. »Ja«, sagte Frau Weber.

»Wo denn? Hier im Wald, oder?«

Der Kommissar schüttelte den Kopf. »Nein«, sagte er. »In Düsseldorf.«

»Ach Gott … so weit weg … hat er sie verschleppt …« Irmgard schaute auf die Tischplatte, sofort waren wieder diese furchtbaren Bilder da, Marion, vergewaltigt, erwürgt, verscharrt. Tränen rollten über ihre faltigen Wangen.

»Frau Möller, vor ein paar Tagen gab es dort, in Düsseldorf, einen Einbruch. In der Wohnung einer gewissen Frau

Schneider«, sagte Kunkel und sah dabei aus wie ein begossener Pudel.

Frau Weber holte tief Luft, ehe sie sagte: »Wie sich herausstellte ... handelt es sich bei der Mieterin ... um ihre Tochter. Marion ist nicht gestorben. Sie lebt.«

»Was?« Irmgard schaute auf und wischte sich die Tränen weg. »Marion lebt?«, fragte sie, während sich in ihrem Kopf in Sekundenschnelle der Hagelsturm wieder zusammenbraute, der so lange fort gewesen war. »Sie lebt ...? Aber ... warum ...? Warum hat sie ...?«

»Wir wissen es nicht«, sagte der Kommissar. »Sie hat dort unter einem falschen Namen gelebt. Ohne Papiere. Es ist nie aufgefallen.«

Irmgard starrte fassungslos auf den Beamten. »Was? Wie ... wie kann das ...?«

»Auch das wissen wir nicht, Frau Möller. Anscheinend hatte sie ihr Verschwinden damals bis ins Detail geplant, hatte Geld gespart, eine Geheimwohnung in Gelsenkirchen angemietet und den Zeitpunkt extra in den Monat gelegt, in dem hier ein Jahr zuvor das Mädchen, die Kerstin, ermordet wurde. Nur, damit wir auch bei ihr von einem Tötungsdelikt ausgehen würden.«

»Aber ... wo ... wo ist sie denn jetzt?«

»In Düsseldorf«, sagte Frau Weber. »Und sie möchte nicht mit Ihnen sprechen, Frau Möller.«

»Aber ... Marion ... sie kann jeder Zeit herkommen ... und ... aber ... warum?«

»Es tut mir sehr leid, Frau Möller. Wir wissen es nicht«, sagte der Kommissar. »Ich muss jetzt wieder los. Aber Frau

Weber vom Kriseninterventionsteam wird noch bei Ihnen bleiben.«

Auf Antrag der Staatsanwaltschaft wurde Marion Möller (Name geändert) kurz darauf wieder für lebend erklärt.
Der Braunschweiger Polizeisprecher Grande sagte: »Strafrechtliche Konsequenzen braucht die Frau nicht zu fürchten.«
Mutter und Bruder hätten »den ganzen Tag geweint«, so der Braunschweiger Oberkommissar Kunkel, als sie erfuhren, dass Marion noch lebt.
Warum die Frau so gehandelt hat? Das weiß nur sie allein.

»Für tot gehalten: Vermisste nach 31 Jahren wieder aufgetaucht« *Nürnberger Nachrichten* (nordbayern.de) 24. September 2015

»›Mordopfer‹ nach 31 Jahren lebend aufgetaucht! Bei einem Einbruch kam alles raus« *Bild* (bild.de) 24. Septmber 2015

KOMMISSAR GROTE WAR MIT DEM NEUEN PHANTOMBILDZEICHNER NICHT WIRKLICH GLÜCKLICH.

Steel Church: Unter den Augen des Erlösers

Im Juden- wie im Christentum gelten die Zehn Gebote als der ultimative Verhaltenskodex für die Schafe und Lämmer, die dem jeweiligen Verein ewige Treue geschworen haben. Sei lieb zu Mama und Papa, arbeite nicht mehr als sechs Tage in der Woche (ist ja wohl auch mehr als genug), trachte deinen Mitmenschen nicht nach dem Leben (es sei denn, du befindest dich auf einem Kreuzzug), sage nicht falsch aus über deinen Nächsten, lass die Finger von seiner Frau, seinem Esel und seinem Haus und entscheide dich für einen Gott, selbstverständlich für den richtigen. So oder so ähnlich die Worte, die der Oberste vor ein paar tausend Jahren angeblich an sein Volk richtete, auf dass ein jeder in Frieden leben möge. Das ging bekanntermaßen mächtig schief, da sich niemand so recht an die Vorgaben halten wollte, die bald nach der Verkündung auftauchende Kirche und ihr Personal schon mal gar nicht.

Und so leben wir auch heute noch in einer Welt voller Sieben-Tage-Wochen, Mord und Falschaussagen und vegetieren langsam dem Untergang entgegen. Ein indirektes Imperativmonster, das in diesem Text bisher noch nicht auftauchte, ist ein besonders wichtiges, denn es regelt die Eigentumsverhältnisse. Wie alle anderen stammt es aus einer Zeit, in der es weder die 110 als Schnelldurchwahl gab, noch eine Polizeistation an jeder Ecke. Die göttliche Maßgabe »Du sollst nicht stehlen« richtete sich damals wohl an langfingerige Gestalten, die davon abgehalten werden sollten, auf dem Marktplatz eine Hand voll Datteln einzustecken oder ins Nachbarhaus einzusteigen, um den Esel zu klauen.

Im traditionell protestantischen Braunschweig, in dem rund 40 Prozent der Einwohner an Luther und seine Worte glauben und auffällig viele Freimaurerlogen beheimatet sind, scheint es eine ganze Menge dieser Menschen mit auffällig langen peripheren Enden der Extremitäten zu geben. Ob da ein Zusammenhang besteht, entzieht sich der Kenntnis des Verfassers. Fakt ist, dass es in der Löwenstadt immer wieder zu Kirchendiebstählen kommt. Damit ist natürlich nicht gemeint, dass eine Bande von Ganoven um die Ecke biegt, das Gotteshaus aufbockt und damit über die A2 in die Nacht entschwindet. Vielmehr wird alles gemopst, was im wahrsten Sinne nicht niet- und nagelfest ist. Der Erlöser am Kreuz hat also noch mal Glück gehabt.

Im März 2014 stieg ein Dieb in die katholische St.-Christophorus-Kirche in Rühme ein, fand den offenbar nicht sonderlich kreativ versteckten Schlüssel zum Safe (dabei dürfte eine Kirche so viele Möglichkeiten bieten), kassierte einige hundert Euro Kollektengeld und brach auch noch einen Opferstock auf, bevor er seine Beute wahrscheinlich in unchristliche Vergnügungen wie Schnaps, Tabak und Hunderennenwetten investierte. 2018 schlug ein Dieb ausgerechnet an Weihnachten zu. Er postierte sich am 26. Dezember am Eingang der St. Petrikirche und wartete das Ende des Gottesdienstes ab. Als schließlich nur noch die Küsterin anwesend war, schnappte sich der herzlose Dieb die aufgestellte Spendenbox und flüchtete per Fahrrad mit einer unbekannten Summe im Gepäck. Wenige Stunden später fiel Anwohnern eines Gartenvereins ein Mann auf, der versuchte, in einen Geräteschuppen einzubrechen. Der Beschreibung nach könnte es sich um denselben Täter gehandelt haben. Nun stellt sich die Frage, ob die Spendenbox so gut gefüllt war, dass er sie, einer Schatzkiste gleich, vergraben wollte und dafür einen Spaten benötigte? Wollte er die gemopste Box in dem Schuppen verstecken? Oder wollte er seine Flucht vielleicht mit einem im Schuppen befindlichen Aufsitzrasenmäher fortsetzen? Wir werden es nie erfahren, aber wer Spendenboxen klaut, hat den schlimmsten Fluch von allen verdient. Möge den Täter noch heute der eisige Blitz des Weihnachtsmannes beim Scheißen treffen.

Im Juli 2021 schlugen vermutlich gleich mehrere Gottlose zu. Sie brachen in die St. Andreaskirche in der Braunschweiger Innenstadt ein und klauten einfach mal … alles. Irgendwelche Billiggerätschaften aus der Teeküche mussten ebenso dran glauben wie Kerzen. Kerzen? Ja, große Kerzen.

Gut, die lassen sich relativ problemlos einschmelzen. Aber man hat dann halt auch kein Gold, sondern Wachs. Manche Diebe denken einfach nicht bis zum Ende. St. Andreas stand aber bereits Anfang 2017 im Fokus der Blaulichtreporter. Damals wurde gemeldet, dass ein Unbekannter von außen auf einige Kirchenfenster geschossen und diese beschädigt habe. Vermutlich mit einer Zwille. Ob in der Nähe des Tatorts ein kleiner Junge mit gelber Hautfarbe, massivem Oberbiss und nur vier Fingern an jeder Hand beobachtet wurde, ließ sich leider nicht ermitteln. Ein Graffito mit dem Schriftzug »El Barto« war ebenfalls nirgends zu entdecken.

Im gleichen Jahr schlug das Böse in der Christuskirche unweit des Stadions zu. Dieses Mal am Ostersonntag, dem höchsten Fest der Christenheit. Eine damals 65-jährige Frau war damit beauftragt worden, die Kollekte zu zählen. Die Dame nahm die Aufgabe wohl sehr ernst, schaute sich gewissenhaft um, ob ihr auch niemand folgte, ging in einen Nachbarraum, verschloss die Tür hinter sich und machte sich ans verantwortungsvolle Werk. Das Problem: Ihre Handtasche mit jeder Menge Bargeld, Scheckkarten und Ausweispapieren ließ sie unbewacht auf der Kirchenbank zurück. Am Ende war die Kollekte vollständig, die ehrenamtliche Helferin aber um die Erfahrung reicher, dass der inbrünstig betende Mitmensch neben einem nicht zwangsläufig ein guter Christ sein muss. Amen.

Immer noch im Jahr 2017, das muss das Jahr des Antichristen gewesen sein, griffen unbekannte Täter zu wesentlich härteren Methoden, um ihrem Unwillen gegen die Religionsfreiheit Ausdruck zu verleihen. Und das am helllichten

Tage. Denn in der Magnikirche wurde am 17. Januar gegen 16 Uhr ein Feuer im Andachtsraum gelegt. Wahrscheinlich hatten sich der oder die Täter gedacht, in dem Raum brennen eh dauernd Kerzen, da fällt es nicht weiter auf, wenn wir hier ein bisschen zündeln. Leider vergaßen sie eine geleerte Flasche Wein, die unmissverständlich darauf hindeutete, dass hier Fremdeinwirkung im Spiel war. Aber warum? Hass auf Teelichter? Wut auf die im Raum verteilten Trockenblumen? Oder steckte gar der ziegenköpfige Lord der Unterwelt dahinter? Gut, Braunschweig war bisher nicht als Hauptsitz der norddeutschen Satanistenszene aufgefallen. Aber wer weiß? Welche Intention hinter diesem amateurhaft ausgeführten Anschlag steckte, konnte leider nicht ermittelt werden. Das lodernde Inferno wurde mithilfe eines (!) Eimers Wasser gelöscht, bis auf ein paar verkohlte Deko-Elemente hielt sich der Schaden in Grenzen. In Skandinavien sah das Anfang der neunziger Jahre des letzten Jahrhunderts noch ganz anders aus. Einmal mit Profis arbeiten.

Die absolute Friedenstaube schossen allerdings zwei Biker ab, die sich im Mai 2016 im Bereich des Ägidienmarktes aufhielten. Dort sollte zu diesem Zeitpunkt eine Fronleichnamsprozession beginnen, weshalb sich einige Gläubige vor der Kirche versammelt hatten. Unsere beiden Rocker tauchten wie aus dem Nichts auf und knatterten mit ihren heißen Öfen an den Katholiken vorbei. Also, in ihrer Vorstellung waren es wahrscheinlich heiße Öfen der Marke Harley und die beiden selbst Billy und Wyatt aus dem Film »Easy Rider«. In Wirklichkeit handelte es sich um zwei betrunkene Fahrradfahrer um die 50, die die Gläubigen umkreisten und beschimpften. Die gerufene Polizei kassierte die beiden Höllenengelchen ein und stellte beim älteren der beiden einen Blutalkoholwert von 2,7 Promille fest, sein Kompagnon hatte sich mit 1,6 Atü ein wenig zurückgehalten. Auf die Frage der Staatsmacht, warum die beiden die Prozessionsteilnehmer angepöbelt hätten, gaben sie an, die Kirche nicht zu mögen. Das Duo kassierte eine Anzeige wegen Trunkenheit im Verkehr. Der 55-jährige Anführer der Minigang bekam noch eine saftige Rechnung obendrauf, weil er die Toilette der Polizeidienststelle mit seinem Kot verschmiert hatte. Ja, das sind harte Jungs, unsere Braunschweiger Radrocker. Aber irgendetwas sagt mir, dass die Geschichte in unserer geliebten Nachbarstadt Hannover noch eine ganze Spur übler ausgegangen wäre.

TYPISCHER SCHWEDENKRIMI.

Wie die Dinge sind

Die kahlen Wälder und grauen Äcker gleiten an ihm vorbei. Blattlose, braune Büsche stecken wie Haarbüschel in der trostlosen Winterlandschaft. Bisher hat es keinen Schnee gegeben. Schnee, weiß und rein, der alles Schmutzige verdeckt. Er traut sich nicht, das Handy einzuschalten, bevor er sich eine andere SIM-Karte besorgt hat. Seine letzte digitale Spur ist der Geldautomat in Hannover, an dem er das volle Limit abgehoben hat, bevor er in den Bus nach Berlin gestiegen ist.

Er ist 47 Jahre alt, und so richtig begriffen hat er noch nicht, was passiert ist. Wieder drängen sich die furchtbaren Bilder auf, ziehen an seinem Bewusstsein vorbei wie die graue Landschaft draußen vor dem Fenster. Hinter seinem Gesicht, das sich schwach wie ein Schemen im Glas der Scheibe spiegelt. Es kann doch gar nicht wirklich passiert sein, oder?, denkt er und beißt in ein Käsebrötchen. Krümel fallen ihm in den Schoß. Die größten nimmt er mit der angefeuchteten Fingerspitze auf. Doch, es war passiert, verdammt!, hämmert es in seinem Kopf, so wie die Stimme von Martina noch in seinem Kopf hämmert: »Sei doch endlich mal realistisch! Sieh die Dinge doch endlich mal so, wie sie tatsächlich sind und nicht immer nur, wie du sie gerne hättest!«

Kurz bevor der Bus am Bahnhof Zoo hält, wickelt er sich den Schal um den Hals, zieht ihn hoch über das Kinn, setzt sich die schwarze Wollmütze auf den kahlen Kopf, schiebt sie so tief in die Stirn, dass sie fast die schmale Brille berührt. Der Bus hält, er steigt aus und mischt sich unter die Menschen, die um den Bahnhof herumlungern.

»Billig Room? No, Berlin full«, sagt der Typ, der ihm eine geklaute Prepaid-Karte verkauft. Er geht zu McDonald's, bestellt Burger und Kaffee, setzt sich, fummelt am Smartphone. Auf der Karte sind nur noch 9,96 Euro, nicht fünfzig, wie der Typ behauptet und für die er ihm achtzig bezahlt hat. Egal, Mäckes hat W-Lan. Fünf Minuten später weiß er, dass man bereits nach ihm sucht, verdammt. Mit Namen und Foto. Also hat man sie schon gefunden. So schnell? Er hat von Fällen gehört, wo es Tage gedauert hatte. Aber sie suchen nur in Braunschweig. Nicht hier in Berlin. Und nicht im Spreewald.

Als er das Fastfood-Restaurant verlässt, den Schal nicht mehr so hochgezogen, das wäre zu auffällig, sieht er vier Bundespolizisten durch die Menge schreiten. Sei normal, ganz normal, schreit es in ihm, aber sein Blutdruck steigt und gerne würde er weglaufen. Stattdessen bleibt er stehen, stellt die Reisetasche ab, tut so, als wäre er in sein Handy vertieft. Aus den Augenwinkeln sieht er, dass die Polizisten direkt auf ihn zukommen. Er wischt weiter, tippt auf irgendein Icon, zwingt sich zur Ruhe, nicht hinsehen …

»Hallo, achten Sie bitte auf Ihre Tasche«, sagt eine Beamtin im Vorbeigehen. Jetzt muss er überrascht aufschauen. »Was?«, fragt er, ganz normal.

»Ihre Tasche. Hier wird viel gestohlen.«

»Oh, ja, danke.« Er versucht zu lächeln, weiß aber nicht, ob ihm das gelungen ist. Nimmt die Tasche zwischen die Beine und tut so, als würde er weiter auf das Smartphone starren. Glück gehabt. Dann geht er zu einem Fahrkartenautomaten und kauft ein Ticket nach Cottbus. Irgendwo im Spreewald wird er aussteigen. Da ist er zuhause.

Vom Bahnhof Vetschau fährt er mit einem Taxi nach Calau. Zu seinem alten Kumpel Patze, der in einer Datsche am Waldrand wohnt.

»Ach, do«, sagt Patze. »Och ma wieda in de alde Heemat.«

»Ja. Hab mich getrennt«, sagt er und nimmt das angebotene Bier. Patze, in abgeriebener Cordhose und schmuddeligem blauem Pullover über der Wampe, redet ohne Punkt und Komma und immer nur von sich. Das ist gut. Vielleicht wäre es anders, wenn Patze wüsste, dass er einem Mörder gegenübersitzt. Morgen wird er noch mal googeln, heute nicht mehr.

Patze bestellt Schnitzel, Bier und Wodka von der *Oase*.

»Ich zahle«, sagt er und muss nur aufpassen, dass er nicht zu viel trinkt und seine Zunge locker wird.

»Wat issn mit deene Olle?«, fragt Patze nach etlichen Gläschen.

Er blickt auf seine Hände. »Hat mich zur Weißglut gebracht. Hab ihr eine geschallert«, sagt er und sieht das Blut, überall.

»Und dann hat se dich rausgeschmissen, wa.«

Er nickt und schenkt nach. »Was macht eigentlich die Sonja?«, fragt er.

Patze grinst ihn an, zeigt seine braunen Zähne. »Kaum de eene abserviert, schon de nächste anvisiert, wa! Na zdrowie!«

Trotz des Alkohols schläft er kaum. Immer wieder spulen sich die Bilder in seinem Kopf ab. Ihr keifender Mund, die hasserfüllten Augen. Die schrille Stimme: »Du Mistkerl! Hau endlich ab! Raus!« Im Hintergrund die Endlosschleife: Was mach ich jetzt? Was!?

Irgendwann steht er auf und kocht Kaffee. Räumt den Tisch ab, an dem sie gesoffen haben. Schaltet Patzes Computer an. Öffnet im Browser das Fenster für privates Surfen. Sucht, findet wieder nur sich selbst, das Foto mit seinem Namen darunter. Schließt es schnell wieder, als er seinen Kumpel hört.

»Musste mal meine E-Mails checken«, sagt er entschuldigend, als Patze mürrisch guckt.

»Gloobste, die schreibt dir noch, wa?«

»Weiß nich.« Er zuckt mit den Schultern. »Ich brauch mal Auslauf«, sagt er nach dem Frühstück und geht in den Wald.

Marschiert stundenlang durch die Calauer Schweiz. Wege, die er von Kindesbeinen an kennt. Aber bis runter nach Altdöbern, wo er geboren ist, geht er lieber nicht.

Vor einem großen Stein, auf dem eine Plastiktafel angebracht ist, hält er an. Hier hat er auch mit Martina gestanden, als sie in der Gegend Urlaub gemacht und Verwandte besucht haben. »Sagenrundweg« steht über der Tafel, auf der eine Hexengeschichte erzählt wird.

Die Hexe in der Sage wurde nur grün und blau geschlagen und nicht tot. Dann rennt er, läuft davon, gejagt von den furchtbaren Bildern in seinem Kopf, die er nie mehr loswerden wird. Was mach ich jetzt? Was!? Er hetzt über die buckligen Waldwege, stolpert über Wurzeln, Äste und Steine, bis er der Länge nach hinschlägt. Sich aufrappelt, nach einem dicken Ast greift, der am Boden liegt und ihn wie ein Irrer brüllend gegen die Stämme der Kiefern schlägt, immer wieder. Bis er zerbricht und ihm die Bruchstücke um die Ohren fliegen.

Atemlos hält er inne. Schaut sich um. Er weiß nicht, wo er ist, und das trübe Tageslicht wird immer weniger. Was mach ich jetzt? Was!? Er dreht sich im Kreis und geht schließlich in die Richtung, die seiner Meinung nach Norden ist. Nach einigen hundert Metern stößt er auf das Bahngleis nach Calau. Er folgt dem Schienenstrang, bis er die breite Schneise der Stromtrasse schneidet, die durch den Wald direkt nach Calau führt. Es ist Nacht geworden, als er wieder bei Patze in der Küche sitzt.

»Wie lange willst'n bleiben?«, fragt der.

Er zuckt mit den Schultern. »Bis Sonntag?«

»Dann müssen wa noch was eenkoofen.«

»Ohne mich!« Er gibt ihm Geld und setzte sich an den Computer, aber es finden sich keine neuen Informationen.

Am Sonntagvormittag schleicht er zum Bahnhof und fährt nach Leipzig. Mietet ein Zimmer in einem heruntergekommen Hostel. Isst in einem Imbiss Currywurst und Pommes, bevor er sich Whisky und Cola besorgt. Trinkt auf dem Zimmer, sieht fern, schaltet die Programme rauf und runter. Auf keinem Sender wird über die Tat berichtet.

In der Nacht geht er ins Rotlichtviertel. Die fünfzig Euro sind schlecht investiert, so sehr sich die Frau auch abmüht, und missmutig stapft er zum Hostel zurück. Legt sich auf das Bett und überlegt weiter, was er tun soll. Ihm fällt verdammt noch mal nichts ein. Soll er nach Spanien? Nach Polen? Nach Norwegen? In seinem Kopf drängen immer nur die blutigen Bilder nach vorn, wie kläffende Hunde, die ihm hinterherjagen. Die ihn immer jagen werden, egal wohin er auch geht.

Genau eine Woche nach seinem Wutausbruch sitzt er in einem Internetcafé und liest die Schlagzeile in der *Lausitzer Rundschau*: »Fahndung im Spreewald nach Gewaltverbrechen in Braunschweig: Die Polizei sucht seit vergangenem Donnerstag nach dem in Altdöbern geborenen H.N.«

Verdammt! Sie werden dort herumfragen und auf Patze stoßen. Patze weiß, dass er nach Leipzig gefahren ist! Kalter Schweiß bricht ihm aus. Er eilt zum Hostel, packt seine Sachen, geht zum Bahnhof, setzt sich in einen Zug, der gen Westen fährt. Immer wenn er Polizeiuniformen sieht, fängt er an zu zittern und sein Herz rast.

Dortmund. Wieder ein schäbiges Hotel. Aber in der Lobby gibt es einen Internet-Computer. Die SIM-Karte, die er sich in Berlin besorgt hat, ist längst leer. Abends liegt er auf dem Bett, schaut fern, überall Krimis, wenn die wüssten …

Am nächsten Tag liest er auf der Online-Seite der *Braunschweiger Zeitung*, dass man mit Hilfe der Sendung »Aktenzeichen XY … ungelöst« die Fahndung nach ihm länderübergreifend intensivieren wolle, sollte man ihn nicht vorher zu fassen bekommen.

In seinem Kopf wirbeln die Gedanken herum wie Blätter in einer Windhose. Was sollte das heißen? Sind sie ihm schon auf der Spur? Rechnen sie damit, ihn vorher geschnappt zu haben? Warum dann noch dieser Hinweis auf »Aktenzeichen«?

Hastig schließt er den Browser und löscht den Verlauf. Schaut sich argwöhnisch um. Eilt ärgerlich und ängstlich in sein Zimmer, tritt an das Fenster, beobachtet minutenlang die Straße, läuft im Zimmer hin und her. Geht wieder zum Fenster und wird blass: Einsatzwagen halten vor dem Hotel. Sie sind da! Uniformierte springen heraus. Schwarze Kampfanzüge, Helme, Protektoren. Er bebt, schwitzt, zittert, muss sich fast übergeben. Sieht, wie sie sich auf der Straße formieren – und in eine Shisha-Bar eindringen. Er braucht eine Minute, bis er es begreift. Dann wendet er sich ab, beginnt zu lachen, reißt den Mund auf, grölt, lacht sich schier kaputt. Beißt in seine Faust, damit nicht das ganze Hotel zusammenläuft wegen seines Gebrülls. Eine Razzia, nur eine Razzia. Aber Martina kreischt: »Sieh die Dinge doch endlich mal so, wie sie tatsächlich sind!« Schlagartig hört er auf zu lachen und zieht die Augenbrauen zusammen. Vielleicht wollen die ihn nur in Sicherheit wiegen? Vielleicht ist das ganze Spektakel nur inszeniert? Hastig kriecht er zum Fenster. Lugt über die Fensterbank und lässt sich sofort wieder fallen. Einer der Beamten hat zu ihm hochgestarrt! Ganz klar. Die suchen ihn. Nur ihn! Er bebt, sein Herz überschlägt sich fast. Aber niemand bollert an die Tür. Heute holen sie ihn noch nicht. Was soll er nur tun! Was?! Nach Frankfurt. Frankfurt ist groß. Da gibt es viele Illegale. Da kann er untertauchen.

Am nächsten Morgen nimmt er seine Tasche. Schleicht halbvermummt und mit pochendem Herzen zum Bahnhof. Schaut sich immer wieder um. Taxiert aus den Augenwinkeln die beiden Bundespolizisten, die durch die Halle flanieren und hinter ihm vorbeigehen, als er voller Angst am Fahrkartenautomaten steht. Dann eilt er fahrig auf den windigen Bahnsteig und wartet auf den Zug.

In Frankfurt steigt er aus. Es ist warm, und er schwitzt wie ein Bulle, trotzdem hat er wieder die Mütze bis auf den Rand der Brille und den Schal über den Mund gezogen. Sein Blick ist auf Uniformen fokussiert, und überall in der Menge sieht er weiße Schirmmützen. Macht sich klein und drückt sich an der Wand entlang. Schleicht einem dicken Menschen hinterher, aber der ist ihm zu langsam. Er muss hier raus! Drängt sich so dicht an dem Kerl vorbei, dass der fast seinen Kaffee verliert und zu motzen anfängt. Schaut sich noch einmal panisch um und glaubt, direkt in die erstarrten blauen Augen von Martina zu blicken. Aber diese Augen sind nicht tot, sie leben. »Guten Morgen«, spricht ihn die Polizistin höflich an. »Ist alles in Ordnung?«

»Ja«, sagt er knapp und nickt übertrieben, zieht den Schal schnell und mit einer abgehackten Bewegung noch etwas höher. Trippelt auf der Stelle, weicht nervös ihrem Blick aus; wenn sie ihn erkennt, ist es aus, verdammt. Er muss sich zusammenreißen, den Fluchtinstinkt unterdrücken. Sein Blut kocht. So wie vor zehn Tagen, als er Martina in ihrer eigenen Wohnung das Messer in die Brust gerammt hat.

»Darf ich mal bitte Ihren Ausweis sehen?«, fragt sie, fixiert ihn, bohrt ihren Blick in ihn und sieht die Dinge so, wie sie sind, während ihre Kollegen ihn umringen.

Er reicht ihr seinen Ausweis. Und dann nehmen sie ihn mit.

Notiz: In der Nacht vom 8. auf den 9. Januar 2016 tötete der 47-jährige H. N. seine Lebensgefährtin in ihrer Wohnung in der Wallstraße in Braunschweig. Nach zehn Tagen Flucht fiel er einer Streife im Hauptbahnhof Frankfurt auf und wurde festgenommen.

Aber wenigstens ist unser Arbeitsplatz sicher!

A Past and Future Secret: Braunschweigs größter Haderlump

Fragt man auswärtiges Volk nach Braunschweiger Berühmtheiten, so wissen rund 80 Prozent schon mal nicht, wo diese ominöse Stadt überhaupt liegen soll. Auf dem Gebiet der DDR, im Ruhrpott, irgendwo in Kanada? Das ist traurig, schlimmer aber ist, dass von den 20 verbliebenen Prozent kaum jemand ein paar Promis mit Bezug zur Löwenstadt nennen kann. Einige Klugscheißer kommen vielleicht noch auf Carl Friedrich Gauß oder Ricarda Huch, Fußballfans nennen möglicherweise Konrad Koch, einige Rockfans das Schlagzeugtier Fritz Randow und Zonennostalgiker Otto Grotewohl. Das war es dann aber auch. Dabei zog von hier aus einst eine der bekanntesten Gestalten der

Literaturgeschichte in die weite Welt, um nichts anderes zu tun, als Straftaten zu begehen. Okay, Till Eulenspiegel ist kein Ur-Braunschweiger, angeblich wurde er um das Jahr 1300 in Kneitlingen im heutigen Landkreis Wolfenbüttel geboren, also nur im Braunschweiger Land. Kneitlingen ist sowieso ein sagenumwobener Ort, hier soll es eine Art Erdmännchen geben, die nachts um Feuer tanzen. Also nicht die Viecher, die bei Gefahr so lustig-hektisch in ihren Höhlen verschwinden, sondern zwergenhafte Gestalten mit Absichten, die nur der Herrgott kennt. Auch hockt der Hakemann regelmäßig im Teich vor dem Eulenspiegelhof. Die Sagengestalt ist obenrum Mensch, untenrum Fisch und lauert auf Menschen, die sich zu nah ans Wasser wagen. Am liebsten frisst er Kinder. Können diese allerdings schwimmen, verschont er sie. Also, Seepferdchen machen und dem Fischmann mit dem Haken und dem miefigen Schritt eine lange Nase drehen.

Ob Till Eulenspiegel tatsächlich gelebt hat, ist unter Historikern umstritten. Manche sagen ja, andere sagen nein, die meisten tippen auf vielleicht und nehmen an, dass es sich beim mittelalterlichen Schalk um eine literarische Zusammenführung mehrerer Personen handelt. Wer Eulenspiegel geschrieben hat, ist ebenso unklar, ärgerlich für die Erben, denn schon um 1512, rund 160 Jahre nach seinem vermeintlichen Ableben um 1350 in Mölln, avancierten seine Geschichten zum Bestseller. Und die waren anfangs beileibe keine leichte Kost für Kinder. An sich war der gute Till ursprünglich kein freundlicher, Schabernack treibender Sympathikus, der den Menschen den Spiegel vorhielt. Utensilien wie der Spiegel oder die Narrenkappe kamen erst viel später dazu. Er war ein durch die Gegend marodierender, arbeitsscheuer, stehlender, Menschen und Tiere quälender Soziopath. Schuldigung, aber das musste mal gesagt werden.

In einer Geschichte fordert ein Brauer Till auf, Hopfen zu kochen, was dieser (wie immer) wörtlich nimmt und den Hund seines Chefs, der Hopf heißt, in den Kessel wirft, bis dem das Fleisch von den Knochen fällt. Da geht der komplette Peta-Verein aber mal richtig steil. Einen Gastwirt, der ihn erst als Koch und dann als Kutscher einstellt, ruiniert er geradezu, indem er jede seiner Aufforderungen wörtlich nimmt. Als der Wirt den Hals verständlicherweise voll hat und dem Verrückten sagt, er solle das Haus räumen, schleppt Eulenspiegel alle Habseligkeiten des Wirts auf die Straße. Als der Wirt »Hau ab« brüllt, schlägt Till mit einer Axt ein Stück eines Schrankes ab. Mal im Ernst, was soll man mit so einem Typen machen? Im Hof aufknüpfen, viel mehr bleibt da ja nicht. Wenn man dem Vogel sagt, er solle ja die Finger von der eigenen Tochter lassen, leckt er sie wahrscheinlich von oben bis unten ab, weil nur von den Fingern die Rede war. Der ist doch gemeingefährlich.

Es ist auch keinesfalls so, dass sich Till nur gegen Ungerechtigkeiten der Obrigkeit zur Wehr setzt. Oftmals sind es Menschen, die ihm wohlgesonnen sind und trotzdem mit voller Wucht getriezt werden. Allein, was seine Eltern Claus und Ann alles aushalten mussten. Dagegen ist der Vater vom Michel aus Lönneberga regelrecht zu beneiden. Den Grafen von Anhalt liefert Psycho-Eule zum Beispiel einer Räuberbande aus, weil er von dem adeligen Arbeitgeber nichts

Anständiges zu essen bekommen hat. Hallo, wie sieht es da mit dem Grundsatz der Verhältnismäßigkeit aus? Gleiches gilt für einen unschuldigen Esel, den unser Superverbrecher fast verhungern lässt, nur um bei einigen Menschen den Eindruck zu erwecken, er habe dem Tier das Lesen beigebracht. Herzloser geht es kaum.

Als Kellner attackiert er seine Gäste mit Rauchbomben, weil die ihm gesagt haben, er solle mal richtig Dampf machen, in einer anderen Geschichte lässt er als Parkwächter das Gebäude einer Raiffeisenbank ausbaggern, weil sein Chef eine Bank braucht. Als Knecht eines Bauers zündet er das Hinterteil der Bäuerin an, als Gehilfe eines Baumbiologen (eine schöne Berufsbezeichnung) gräbt er Leichen aus und schleppt Ober- und Unterkiefer an. Der misslaunigen Königin Jasmin reißt er im Schlaf die Zähne heraus, um sie in ihre Krone zu verbauen, als Optiker stopft er einem Kunden rote Linsen in die Augen. Einem Apotheker kotet er in eines seiner Gläser, weil ihm die Medizin nicht hilft. Und zu guter letzt schneidet er den Hasen im Wald bei lebendigem Leib die Puschelschwänze ab, um einer missliebigen Verehrerin eins auszuwischen. Ein überliefertes Zitat von ihm lautet, dass er gerne allen alten Weibern den Arsch zuflicken würde, weil sie zu nichts mehr nutze seien, außer um auf die Felder zu scheißen.

Selbst wenn man davon ausgeht, dass es im Mittelalter eine Spur rauer zuging und Tiere sowieso keinerlei Lobby besaßen, kommt da eine ganz schöne Akte zusammen. Schwere Körperverletzung, mindestens ein versuchter Totschlag, Störung der Totenruhe, schwere Sachbeschädigung,

Land- und Hausfriedensbruch, Beleidigung, Diebstahl und Tierquälerei in diversen Fällen. Dafür wäre eine Dekade Kerkerhaft angebracht, wenn nicht mehr. Stattdessen werden dieser Gestalt im ganzen Land und gar im benachbarten Ausland Denkmäler errichtet. Ganz schlimm ist es natürlich in Braunschweig, wo dem vermeintlichen Helden auf vielfache Art gehuldigt wird. In erster Linie mit dem Eulenspiegelbrunnen von 1905, der gegenüber der ehemaligen Bäckerei aufgestellt wurde, wo der Gauner einst Eulen und Meerkatzen buk. Am Eulenspiegelhaus am Kohlmarkt (hier soll ein Schuster gearbeitet haben, der von dem Sagen-Terroristen bedrängt wurde) ist ein Glockenspiel zu Ehren von Till angebracht, in den nahe gelegenen Arkaden wurden einige seiner Geschichten malerisch an der Decke verewigt. Dazu gibt es in der Stadt diverse Veranstaltungen, Stadtführungen sowie Kindergärten und Elterngruppen in und mit seinem Namen. Gerade die Erziehungsberechtigten sollten sich allerdings genau überlegen, nach wem sie ihre Zwergenfeste und die Spielgruppe ihres Nachwuchses da eigentlich benennen. Vorbildfunktion und so. Wären meine Kinder in einer Eulenspiegelgruppe, ich würde prophylaktisch Haustiere, Messer, Feuerzeuge und überhaupt alle beweglichen Gegenstände aus der Wohnung verbannen. Das kann sonst böse ins Auge gehen.

OBWOHL ULRIKE DAS ANTI-SCHNARCH-KISSEN FALSCH EINSETZTE,
BRACHTE ES DOCH DIE ERWÜNSCHTEN RESULTATE.

Niedere Instinkte

Ihr wollt Geschichten von Gewalt und Tod? Oh ja, die kann ich euch erzählen, denn ich bin alt. Äonen lang sprudelte meine Quelle namenlos aus der Erde, dann kamen eure Vorfahren und haben mir Namen gegeben, Bezeichnungen, die ihr längst wieder vergessen habt, und erst vor fast 700 Jahren schrieb jemand auf, wie ihr mich heute nennt: Jödebrunnen, das heißt Jugendbrunnen, weil mein Wasser immer frisch und klar ist. So frisch, dass eure Ahnen es mit ausgehöhlten Baumstämmen in eure Stadt geleitet haben, um davon zu trinken.

Ihr wollt Geschichten von Gewalt und Tod? Geschichten über die niederen Instinkte, die in euch schlummern? Wollt hören, wie vor über eintausend Jahren ein Kind in meinem Wasser ertränkt wurde? Wie nur wenige Dekaden später ein Kaufmann ganz in der Nähe hinterrücks überfallen und erschlagen wurde? Wie man, als die Pest grassierte, an meinem Ufer betete, damit mein Wasser rein blieb? Wie in dem gerade neu erbauten Kontorhaus das Büromädchen Erika vergewaltigt wurde? Nein, ihr wollt hören was unlängst passiert ist.

Im Jahre 1985 vielleicht, als zwei Männer sich hier stritten. Mit Axt und Faust, auf Leben und Tod. Der mit der Axt brachte den Tod. Erschlug den anderen Mann auf dem dunklen Weg Am Jödebrunnen. Vielleicht für ein paar Mark, eine Schachtel Zigaretten oder eine Pulle Schluck. Ließ ihn einfach liegen in seinem eigenen Blut, und als er am nächsten Tag gefunden wurde, war sein Körper so kalt wie mein Wasser.

Dann war es einige Zeit ruhig, und erst kurz vor eurer Jahrtausendwende passierte der nächste Mord. Wie mir meine Quellen berichteten, begann es ganz in der Nähe, in einer Diskothek, die man damals *Jolly Joker* nannte. Eine große zweistöckige Tanz- und Trinkhalle, in der sich Schwaden von blauem Tabakrauch mit dem dichten Nebel aus den Trockeneismaschinen vermischten und die Tanzenden im flackernden Licht der Stroboskoplampen aussahen, als bewegten sie sich im Inneren einer Laterna Magica. Die Basstöne waberten aus Boxen, die auf dem Boden standen und so groß waren, dass man sie als Tische, Garderobe und Sitzgelegenheit benutzte. An vier, fünf Theken wurde Bier ausgeschenkt, und unter der Decke hingen tausend blinkende Lichter.

An der ersten Theke standen dichtgedrängt die Gäste und warteten auf ihre Getränke. Darunter auch eine Gruppe Heranwachsender. Junge Männer mit hohem Hormonspiegel und niedriger Hemmschwelle. Stark in der Gang, wie Wölfe im Rudel. Steckten ihr Terrain ab, stolzierten um die Weibchen herum, die sich darin befanden, und versuchten allein mit Blicken die Nebenbuhler zu verjagen. Reichte das nicht, wurde auch mal laut geknurrt.

Eine andere Gruppe junger Leute, nicht ganz so zahlreich, nicht ganz so vehement, stand in der Nähe um eine alte Tonne herum, die, rot angestrichen, als Stehtisch diente. Dumpf dröhnten die Beats von »Mambo No. 5« durch die Partyhalle und versetzten die Tanzenden auf dem weiten Holzboden zwischen den mächtigen Lautsprechern in fröhliche Ekstase.

Das Beziehungsgeflecht zwischen euch Menschen ist nicht ganz so komplex geknüpft wie das meiner Sippe, denn unseres verläuft weit verzweigt auch in Adern tief unter der Erde und nicht nur an der Oberfläche. So wie das zwischen einem Jugendlichen, der an der Tonne stand, und einer jungen Frau, die ausgelassen mit einer Freundin zu dem Mambo tanzte und zu der Gang gehörte.

Nach dem Lied wollte sie an die Theke zurückkehren, als sie den jungen Mann an der Tonne stehen sah und lächelnd zu ihm rüberging, um ihn zu begrüßen. Die beiden kannten sich seit ein paar Wochen und sie hatte begonnen, tiefere Gefühle für ihn zu hegen, als zu dem Anführer der Gang, mit dem sie seit drei Monaten und fünf Tagen zusammen war und dessen Eifersucht sie krank zu machen drohte.

Es war nicht mehr nur Argwohn, mit dem das Rudel diese Entwicklung beobachtete, und so hatten sie den Kerl erst letzte Woche heftig angeknurrt, als Warnung, er solle sich hier nicht mehr blicken lassen. Aber nicht nur das Testosteron im Blut des Jungen, das stetig anstieg, wenn er das Mädchen sah, sorgte dafür, dass er die Warnung nicht so ernst nahm, sondern auch sein Stolz, denn er glaubte an die wahre, echte Liebe, um die zu kämpfen eine Ehre wäre. Und genau das glaubte auch der Typ aus der Gang.

Kurze, harte Blicke schossen aufeinander zu, und schon waren der Kerl, die Tonne und seine Freunde umringt. Es wurde geknurrt und gekläfft. Er blaffte zurück. Eine Hand schoss vor und schubste. Ein Bierglas landete auf dem Boden. Es wurde geschrien, gekeift, gerempelt und gestoßen, bis die Rausschmeißer kamen, die beiden Kontrahenten trennten und vor die Tür setzten.

Unter freiem Himmel ging der Streit weiter. Der Kerl wehrte sich tapfer, aber gegen zehn hatte er keine Chance. Blutend ließ er Stolz und Ehre fahren, nahm die Beine in die Hand und floh. Allein, die Gang hatte das Blut gesehen, das ihre niederen Instinkte weckte, und ein flüchtendes Lebewesen war für sie nichts anderes als Beute, die man erlegen musste.

Voller Hass verfolgte die Meute den Hasen, wie seinerzeit der Mob den entlaufenen Sklaven, um ihn zu lynchen. Im Auto die Straße hinunter. Über Stock und Stein ging die Jagd, bis hierher zu mir, und dann hatten sie ihn. Schlugen und traten auf ihn ein, bis er bewusstlos war. Niemand sagte: Hört auf! Dann warfen sie ihn in mich hinein und er ertrank. Deshalb lautete die Anklage auf Mord.

Erst vier Wochen später fand ein Arbeiter die Leiche. Kurz darauf wurden die Täter festgenommen, aber nur einige kamen vor Gericht. Und die hielten zusammen. Sie schnatterten herum wie aufgeregte Gänse: niemand sei es gewesen, niemand habe etwas getan und nur niemand könne diesen Mord erklären, so wie damals niemand den Sklaven am Baum aufgehängt hat.

Aber wie mir meine Quellen leise plätschernd berichteten, wurde der Anführer der Gang, der Haupttäter, ein Jahr später wegen fahrlässiger Tötung zu viereinhalb Jahren Haft verurteilt und dann abgeschoben in das Land seiner Väter.

Da habt ihr nun eure Geschichten von Gewalt und Tod, die, fürchte ich, so lange weitergehen werden, wie es euch gibt.

Heute findet sich auf presseportal.de folgende Notiz: »Braunschweig, 6. November 1999. Der Streit in der Diskothek *Jolly Joker* zwischen T. und dem Anführer einer Jugendgruppe setzt sich auf der Straße fort. Zwar kann T. zunächst fliehen, doch zehn Mitglieder der Gruppe jagen ihn (...) – zuerst zu Fuß, dann mit dem Auto. Am 4. Dezember wird T's Leiche gefunden.« – Im Jödebrunnen.

Der Mord von 1985 ließ sich leider nicht mehr recherchieren.

Die Geschehnisse, die zeitlich davor liegen, sind nur in der Erinnerung des Brunnenwassers erhalten.

DIE VW-MANAGER HALL OF FAME.

Nachwort

Wenngleich sich die Anzahl der Mordtaten in Braunschweig auf einem sehr niedrigen Niveau bewegt (2021 waren es sieben Morde, was 0,04 % aller Straftaten entspricht), so ist jede Tat eine zu viel. Morddelikte haben einen negativen Einfluss auf das subjektive Sicherheitsempfinden der Bürgerinnen und Bürger. Selbst wenn die Aufklärungsquote dieses Deliktfeldes in Braunschweig bei nahezu 100 % liegt, so löst bereits ein einziger (unaufgeklärter) Mord immer wieder besondere Ängste aus.

Um das Sicherheitsgefühl zu stärken, hat die Polizei in den letzten Jahren mit der Einrichtung von speziellen Abteilungen für die Kriminalprävention reagiert. Diese Maßnahme kann leider nicht das Defizit einer sichtbaren Polizeipräsenz durch den Schutzmann oder die Schutzfrau an der Ecke – sprich: Kontaktbeamten – kompensieren; es fehlt nach wie vor an Personal. Hier ist die Politik hinsichtlich von Personalverstärkungen besonders gefordert.

Gravierende Straftaten haben zunächst einen hohen Aufmerksamkeitswert, wenn die Presse immer wieder darüber berichtet. Diese Aufmerksamkeit wird jedoch schnell wieder von anderen Ereignissen verdrängt. Der Autor Hardy Crueger hat u.a. zurückliegende Mordtaten aufgegriffen und sie wieder in die öffentliche Aufmerksamkeit transportiert, was im weitesten Sinne eine Art von Prävention bedeutet.

Dem Autor Till Burgwächter bin ich besonders dankbar, dass er sich u. a. der Betrugsmasche des sogenannten »Enkeltricks« angenommen hat. Die Fallzahlen dieser Delikte haben sich im Vergleich 2020 zu 2022 von 411 auf 548 Taten gesteigert. Dabei nutzten die Täterinnen und Täter auch den *modus operandi*, sich am Telefon als Angehörige der Polizei auszugeben und Seniorinnen und Senioren um Schmuck und Ersparnisse zu bringen, im Jahr 2021 insgesamt 311 Mal. Es entbehrt nicht einer gewissen Tragik, dass die Betrügerinnen und Betrüger das Vertrauen der älteren Menschen in die Polizei verbrecherisch nutzen, um perfide Straftaten zu verüben.

Erich Bünte

Erster Polizeihauptkommissar a.D., Braunschweig

Foto: Andreas Reiffer

Hardy Crueger, Till Burgwächter und Karsten Weyershausen

Till Burgwächter wurde 1975 leider nicht in Rocky Beach, sondern im niedersächsischen Gifhorn geboren, was seinen kriminalistischen Fähigkeiten aber keinen Abbruch tat. Früh konnte er Ted und Al Bundy voneinander unterscheiden, er las am Crystal Lake sitzend alle Bücher von Richterin Barbara Salesch und bewunderte die Arbeit des grünen Bogenschützens. Seit Jahrzehnten sucht der Autor und Journalist in Braunschweig nun schon die Baker Street, bislang erfolglos.

Hardy Crueger, geb. in den 1960ern, lebt als freiberuflicher Schriftsteller in Braunschweig. Nach ersten Erfahrungen im literarischen Untergrund schreibt er heute Krimis, Thriller und Suspense-Kurzgeschichten aber auch Romane zu geschichtlichen Themen. Als Dozent für kreatives Schreiben leitet er u.a. die KrimiWerkstatt Braunschweig. Mit bisher achtzehn veröffentlichten Titeln gilt der Autor als einer der produktivsten in der Region. www.HardyCrueger.de

Karsten Weyershausen lebt und arbeitet als Cartoonist, Illustrator und Sachbuchautor in Braunschweig. Seine Cartoons und Illustrationen erschienen u. a. in der *NRZ*, der *Berliner Illustrirten Zeitung*, den *Nürnberger Nachrichten*, im *Eulenspiegel* und in den Webportalen web.de, arcor und msn. Im Verlag Schwarzkopf & Schwarzkopf kamen mehrere seiner Sachbücher heraus, Cartoonbände von ihm erschienen bei Lappan und im Korsch Verlag.
www.weyershausen.de

Holger Reichard und Karsten Weyershausen (Hrsg.)

Die Entdeckung Amerikas

Liebeserklärungen an die US-Literatur

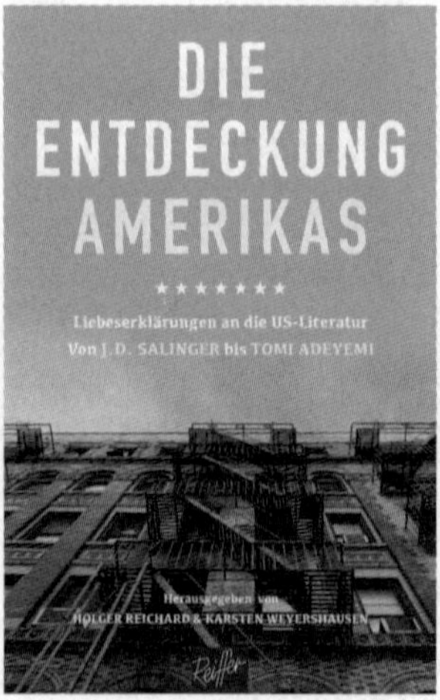

Die Literatur aus den Vereinigten Staaten übte schon immer eine besondere Faszination auf die hiesige Leserschaft aus. In diesem Buch erzählen Autorinnen und Autoren verschiedener Generationen, wie sie ihre ganz persönlichen Favoriten entdeckt haben. Die bemerkenswert vielfältige Auswahl umfasst die Horror-Ikone H.P. Lovecraft genauso wie den Kultautor T.C. Boyle, sie reicht von der unvergleichlichen Dichterin Emily Dickinson bis hin zur Fantasy-Newcomerin Tomi Adeyemi – von »América« bis »Americanah«. Scharfsinnige Analysen sowie emotionale Erinnerungstexte verdeutlichen die sich unaufhörlich wandelnde, doch stets innige Beziehung zwischen amerikanischen Schriftstellerinnen und Schriftstellern und ihrem deutschsprachigen Publikum.

Unter anderem mit Beiträgen von Till Burgwächter und Hardy Crueger.

Holger Reichard und Karsten Weyershausen (Hrsg.): Die Entdeckung Amerikas
Mit zahlreichen Illustrationen
Hardcover 14 x 21,5 cm, 304 Seiten, ISBN 978-3-945715-78-9

www.verlag-reiffer.de